3천년 그리스 인문의 지혜를 만나다

자유인의 선택

리더의 아침을 깨우는 5분 고전 칼럼

3천년 그리스 인문의 지혜를 만나다

자유인의 선택

리더의 아침을 깨우는 5분 고전 칼럼

박경귀 지음

북앤피플

"날마다 대화하는 것이야말로 인간에게 최고선이며,
캐묻지 않는 삶은 인간에게는 살 가치가 없다."

-소크라테스, 플라톤의 《소크라테스의 변론》중에서-

머리말

우리는 자유인인가?

나는 진정 자유로운 삶을 살고 있는가? 우리는 이런 자문을 진지하게 던지고 숙고해 본 적은 있는가? 오늘날 개방된 민주사회에서 특별한 속박을 받고 있지 않는 한 개인의 일상에서 이런 고민을 해 볼 여지는 많지 않아 보인다. 자유는 이미 우리가 그 부재를 상상할 수 없는 공기와 같은 존재이기 때문이다.

하지만 개인의 삶의 차원을 넘어서 가족, 이웃, 사회, 국가로 우리의 관심 영역을 확대해 보자. 그때 비로소 우리는 자유란 무엇인가라는 고민과 함께 자유를 위협하고 있는 수많은 상황을 새삼 깨닫게 되지 않을까. 내 자유의 전제인 국가의 존속과 번영이 직접적으로 위협받고 있다고 여겨질 때 당연히 그럴 것이다. 또 자신의 사고와 의사표현, 그리고 행동이 억압받거나 억제되는 상황이라면 자유의 의미를 재인식하지 않을 수 없으리라.

결국 개인에게 자유로운 삶은 우선 국가와 사회의 안녕과 질서에 영향 받지 않을 수 없다. 나아가 개인의 욕구를 어느 정도 충족할 수 있느냐에 달려있다. 그럼에도 저마다 추구하는 자유의 결은 다르다. 자유를 지키고 누리기 위한 국가와 개인의 역할과 덕목에 대해 사회적 합의를 만들어 내는 일이 쉽지 않은 이유이다.

인류 역사상 최초로 자유의 관념을 창안해내고 사회적 합의를 통해 이를 현실에 접목하기 위해 분투했던 이들은 고대 그리스인들이다. 아테네인들이 그 중심에 있었다. 그들은 2500여 년 전에 자유와 평등, 법치의 관념을 바탕으로 이를 폴리스에서 구현하고 담보하기 위해 데모크라티아(Democratia, 민주정)를 만들어냈다.

그리스인들에게 자유는 절박한 생존의 문제였다. 폴리스의 자유를 지키기 위해 페르시아 대군에 맞서 싸웠다. 자유롭고 평등한 시민들 위에 군림하려는 야심을 가진 참주는 가차 없이 추방했다. 리더에게는 폴리스에 헌신과 봉사를 요구했고, 참정권 행사를 등한시하는 시민은 비난의 대상이 되었다. 이런 시대정신은 그리스인들이 자유와 평등을 지키기 위한 최소한의 덕목이자 자유시민의 자유와 권익을 누리기 위한 필수조건이라고 여겼던 것 같다.

기원전 5세기 자유정신이 충만하던 아테네는 '그리스의 학교'였다. 정치적 안정과 경제적 번영을 바탕으로 철학, 문학, 예술, 건축 등 거의 모든 영역에서 인류의 전범(典範)을 만들어냈다. '페리클레스의 황금기'는 그 절정의 꽃을 피웠다.

하지만 기원전 4세기부터 민주정은 중우(衆愚)의 무절제와 방종으로 폴리스를 급격히 약화시켰다. 결국 아테네는 민주정의 종언과 함께 연이어 마케도니아와 로마의 식민지로 전락했다.

고대 그리스인들이 추구하던 자유와 평등의 관념은 중세의 긴 동면을 거쳐 프랑스 대혁명(1789)으로 부활하고 현대 민주주의 사회로 계승되었다. 우리가 자유정신을 제대로 구현하기 위해서는 2500여 년 전 그리스인들의 고민, 그들의 성취와 좌절을 살펴야 한다. 특히 자유민주주의를 채택한 지 70여 년에 불과한 우리에게는 그리스 문명에 대한 인문학적 성찰과 숙고가 더욱 절실하다.

그들에게서 교훈을 얻지 못하면 우리는 그들의 실패를 반복하게 된다. 시대 상황은 다르지만 인간사회에서 빚어지는 제반 사건과 문제를 대하는 인간의 행태는 언제나 대동소이하다. 아무리 기술 문명이 발달해도 인간의 판단과 감성, 행태는 진화하지 않기 때문이다.

공동체의 자유를 위해 국가와 리더는 무엇을 해야 할 것인가. 나는 자유로운가. 어떻게 살 것인가. 우리는 여전히 소크라테스의 질문을 반복해야 한다. 필자는 그 해답을 3천년의 통찰과 지혜가 담긴 그리스·로마의 고전에서 찾으려 했다. 고전은 미래를 비추는 거울이다. 고전을 통해 당대 위대한 인물들이 당면했던 문제들을 어떻게 극복해 나갔는지 살폈다. 고전의 서사에 나타난 그리스·로마시대 리더들의 다양한 덕목과 활약에서 현대의 리더들이 새겨야 할 함의와 교훈, 나아가 자유롭고 행복한 인생의 지침을 얻고자 했다.

오늘날 국가주의와 대중영합주의에 경도된 리더들로 인해 우리는 자유의 위기를 맞고 있다. 목소리 큰 집단이 누리는 풍요로운(?) 자유가 자칫 또 다른 존엄한 자유인들의 권익과 자유를 침해하거나, 나아가 자기 검열을 강요하고 있지는 않은지 성찰해 볼 일이다.

필자는 '사단법인 행복한 고전읽기'의 이사장으로 오랫동안 고전읽기 시민운동을 펼쳐 오면서 그리스 문명답사와 고전평론을 여러 매체를 통해 기고해왔다. 2016년에 펴낸 《그리스, 인문의 향연》이 그리스 문명 종합입문서라면, 이 책은 3년여 동안 서울신문 등 언론매체에 연재해온 글을 엮은 고전칼럼집이다. 신문연재의 한정된 분량으로 이루어진 짧은 글들이지만 대중들이 고전에서 쉽게 지혜를 얻을 수 있도록 시대 상황과 에피소드의 내용을 압축적으로 기술했다. 따라서 독자들은 축약된 글의 은유와 행간을 읽는 데 특별히 유의해 주시기 바란다. 말미에 각 칼럼에서 다룬 출처 고전을 소개한 만큼 당해 고전독서로 이어진다면 보다 풍부한 이해와 깊은 공감을 나눌 수 있으리라 믿는다.

이 작은 책이 대한민국의 성취와 자유를 만끽하고 싶은 지성인과 리더들에게 자유, 평등, 법치, 민주주의의 소중함을 함께 환기시키는 아침의 풍경소리가 되었으면 하는 바람이다.

끝으로 출판계의 어려운 사정에도 불구하고 인문학 진흥을 위한 출판에 지속적으로 관심을 기울여 주시는 북앤피플 출판사의 김진술 대표님을 비롯한 편집진에게 깊이 감사드린다.

2018년 12월

사단법인 행복한 고전읽기 연구실에서

박 경 귀

차례

1. 국가란 무엇인가

⇦ (사진설명)

아테네 아크로폴리스에 있는 파르테논 신전이다. 아테네 수호 여신 아테나에게 봉헌되었다. 아테네 민주정의 번영과 영광을 상징하는 그리스 문명이 만든 최고의 건축물이다. 아테네의 걸출한 정치가 페리클레스의 주도 아래 조각가 페이디아스가 총감독, 익티노스가 설계를, 칼리크라테스가 공사를 맡았다. BC 447년부터 BC 438년까지 약 10년의 세월이 걸려 완성되었다.

민주공화국에 대한 오해와 진실

민주공화국은 '민주'와 '공화'의 양 날개로 난다.

'대한민국은 민주공화국이다.' 헌법 제1조 제1항의 선언이다. 또 제2항은 '대한민국의 주권은 국민에게 있고, 모든 권력은 국민으로부터 나온다'고 선언한다. 이 명제들은 민주주의를 확장하고 평등과 정의를 진작하려는 이들에게 특별하게 애용되는 문장이다. 이 명제의 함축이 민주주의의 본질을 가장 잘 대변한 것으로 인식되기 때문일 것이다. 그렇다면 '민주공화국'에서 우리가 떠올리는 실체적인 의미는 어떤 것일까? 군림하는 왕을 두지 않고 국민(民)이 주인(主) 노릇을 하는 세상, 국민이 주도적으로 나랏일을 결정하고 집행하는 나라, 나의 권익과 자유를 거침없이 추구할 수 있는 세상을 의미하는 것일까?

민주공화국! 실로 가슴 뛰게 하는 말이다. 민주공화국은 한민족이 일찍이 체험해보지 못했던 특별한 정체(政體)다. 오로지 자랑스러운 대한민국이 만들어낸 산물이다. 그런데 이 민주공화국의 의미와 성공 조건을 우리는 얼마나 제대로 알고 있을까? 민주정은 고대 그리스 아테네인들이 창안한 데모크라티아(Democratia)에 그 뿌리를 둔다. 공화정(Res Publica)의 연원은 고대 로마에 있다. 우리는 데모크라티아에서 따온 '데모크라시(Democracy)'를 '민주주의'로 새긴다. 하지만 사실 데모크라시는 '민중이 통치하는 정치체제'를 의미할 뿐 '주의(ism)'를 내포한 것은 아니므로 잘못된 번역이다. 여기에서 개념의 혼동이 초래되었다.

아테네인들은 민회, 즉 에클레시아(eklesia)에서 국가의 대소사를 결정했다. 민중은 입법자였고, 동시에 행정가이자 법관이었다. 이렇게 민중이 나랏일에 직접 참여함으로써 공동체와 개개인은 매우 긴밀한 일체감을 가질 수 있었다. 고대 그리스의 폴리스는 현대국가의 느슨한 공동체와 달랐다. 그들의 시민의식이 남달랐던 배경이다.

하지만 민중의 권력이 비대해지면서 정치가들은 민중의 환심을 사지 않고는 나라를 이끌 수가 없게 되었다. 아리스토텔레스가 《정치학(Politika)》에서 질타한 대로, 민중이 '다수로 구성된 독재자'로 폭주했기 때문이다. 우중(愚衆)의 결의들은 자주 법을 무시했다. 또 선동가(demagogue)들이 민중이 법 위에 군림하도록 선동하는 민주정의 치명적 약점도 노정되었다.

이를 극복하고자 고안된 정체가 고대 로마의 공화정이었다. 로마인들은 자주 방종으로 흐르던 아테네의 민주정을 답습하지 않고, 귀족들로 구성된 원로원과 집정관, 민중이 참여하는 민회와 호민관이 상호 견제와 균형의 원리 속에 국가를 운영하는 정체를 고안했다. 공화정은 다양한 계층적 이해를 대변하는 사람들이 동등하게 권력을 공유하는 체제다.

오늘날 민주공화국은 아테네 민주정과 로마 공화정의 취지를 모두 살린 혼합정의 국가로 이해해야 된다. 민주공화국을 성공적으로 운용하기 위해서는 로마의 공화주의자 키케로가 '국가론'에서 강조했듯, '법에 대한 동의와 유익의 공유'가 절대적으로 요구된다. 따라서 민주공화국을 거론할 때는 민중을 규율할 법률에 대한 복종과 공익 추구의 동의를 우선적으로 강조하는 의미로 새겨야 한다. 이게 '공화'다. 특히 민주공화국에서 모든 권력은 '국민'에게서 직접 나오지 않는다는 불편한 진실도 직시해야 한다. 엄밀히 말하면 국민의 총의로 제정된 '법률'에서 나오기 때문이다. 이를 도외시 할 때 민중의 폭주가 발생한다.

민주공화국은 '민주'와 '공화'의 양 날개로 난다. 이 둘이 조화롭게 추구되어야만 존립할 수 있는 나라다. 그럼에도 우리나라의 대다수 식자와 대중은 민주공화국을 국민이 주인임을 강조하는 '민주'의 뜻으로만 오해하고 되뇐다. 이런 표피적 인식은 불법과 선동을 일삼으면서 민주공화국을 외치는 위선과 기만에 빠지는 사람들을 오도한다. 우리가 '민주'는 넘치지만 '공화'는 실종된 현실을 직면하게 된 이유다. 민주공화국은 국민들이 공동체의 유익 앞에 각자의 이기를 내려놓는 선공후사의 정신, 법에 만인이 복종하는 준법의 정신 위에만 지을 수 있는 전당이다. 이제 진정한 민주공화국을 만들어가야 할 때다.

아리스토텔레스 두상. 빈 미술사 박물관.

추천 고전

- 아리스토텔레스, 《정치학》, 천병희 옮김, 숲(2009).
- 키케로, 《국가론》, 김창성 옮김, 한길사(2007).

소크라테스가 민주주의를 경멸한 이유

폭주하는 민중은 민주정의 적이다.

소크라테스(BC 470~399)는 인류가 낳은 최고의 현인 가운데 한 사람이다. 그가 아테네를 이끄는 정치지도자가 되지 않고 철학자의 삶을 고집했던 이유는 무엇일까? 그는 그리스가 페르시아와의 전쟁에서 승리한 직후에 태어났다. 소크라테스는 어린 시절과 청년기를 전후 50년 동안 펼쳐진 '페리클레스의 황금기' 속에서 보냈다.

그런데 힘과 부를 축적한 아테네는 서서히 타락해 갔다. 번영의 어두운 그림자였다. 결국 제국의 행태를 보이는 아테네를 제지하기 위해 스파르타가 칼을 들었고, 펠로폰네소스 전쟁(BC 431~404)은 그리스 세계를 양분하며 심각한 파괴와 깊은 상처를 남겼다. 장년기에 이 잔혹한 내전을 생생하게 목도한 이가 소크라테스였다.

그 과정에서 그는 아테네 시민들의 그릇된 행태를 질타하는 '신이 보낸 등에' 역할을 자임했다. 민중은 덕에서 멀어져 갔고 민주정은 타락해 가고 있었기 때문이다. 그는 스스로 '아는 것이 아무것도 없다'는 것을 잘 알고 있을 뿐이라고 주장했다. 그렇지만 그의 '무지(無知)의 지(知)'는 시민들을 일깨우는 죽비 소리와 같았다.

아테네 민주정은 대중 모두가 통치의 주체인 동시에 다스림의 객체임을 수용하는 것을 전제로 하는 체제다. 민주정이 작동되기 위해서는 대중이 선도(先導)와 복종의 역할을 잘해내야만 한다. 아테네인들은 이를 익히기 위해 추첨 제도를 창안했다. 누구나 무작위 추첨에 의해 1년 동안 국가의 행정관이 될 수 있었고, 뽑히지 않은 사람들은 선임된 이들에게 순순히 따랐다. 페리클레스의 황금시대에는 이런 시스템과 민회가 어느 정도 작동되어 민주정이 안착되었다.

그러나 페리클레스가 죽은 후 5세기 말기로 갈수록 선동가들에게 휘둘린 아테네 민회는 타락해 갔다. 아르기누사이 해전의 지휘관들을 사형시킨 재판이나, 멜로스 인들을 학살하는 결정 등 불법과 부정이 수시로 발생했다.

소크라테스가 제대로 '아는 자'들에 의해 통치되어야 한다고 주장한 이유다. 그는 '모든 것을 안다고 믿는 무지한 자들'이 주도하는 민주정을 경멸했다. 그는 시민들에게 통치에 참여하기에 앞서 덕을 쌓으라고 호소했다.

소크라테스는 끝까지 정치가가 아닌 철학자의 삶을 택했다. 플라톤(BC 427~347)의 《소크라테스의 변론》에 나오는 대목이다. "다른 군중에게 순진하게 맞서서 도시에 수많은 부정과 불법이 자행되는 것을 막으려는 사람은 아무도 살아남지 못할 것입니다. 그러니 진실로 정의를 위해 싸우는 사람은 잠시라도 살아남으려면, 반드시 공인이 아니라 사인으로 살아가야 합니다."

아테네 민중의 폭주와 민주정의 타락이 어떠했는지 짐작할 수 있다. 대중의 폭주는 민주주의를 타락시키고 현인들을 구축했다. 떼법과 불복종 선동이 난무하는 오늘날 우리의 현실과 멀지 않아 보여 우울하다.

추천 고전

- 플라톤, 《소크라테스의 변론 크리톤 파이돈 향연》, 천병희 옮김, 숲(2012).
- 투퀴디데스, 《펠로폰네소스 전쟁사》, 천병희 옮김, 숲(2011).

소크라테스 두상. 로마 카피톨리노 박물관.

민주주의의 진정한 위기

민중의 이기적 결의보다 법률이 먼저다.

누가 국가의 최고 권력을 가져야 할까? 아리스토텔레스(BC 384~322)는 《정치학》에서 이 문제를 숙고했다. 국가 공동체를 마치 주인이 노예를 지배하듯 통치하는 1인 지배 정체(monarchia)는 참주정체다. 반면 다수자가 공동의 이익을 위해 통치한다면 이는 혼합정체다. 혼합정체에서는 전사들이 최고의 권력을 가지며 중무장할 재력이 있는 자들이 시민권을 갖는다.

아리스토텔레스는 왕정이 왜곡된 것이 참주정체, 귀족정체가 왜곡된 것이 과두정체, 혼합정체가 왜곡된 것이 민주정체라고 말한다. 대중이 지배하는 민주정체에서는 누구나 평등하게 자유(eleutheria)를 누린다. 그는 "최고 권력은 원칙적으로 소수자가 아닌 민중 전체가 갖는 것이 더 좋다"고 인정한다. 그렇다면 아테네 민주정체는 최선의 정체였나?

기원전 5세기 페르시아와의 연이은 전쟁에서 승리한 아테네는 50여 년간 번영의 황금기를 누리며 민주주의의 꽃을 피웠다. 그러나 시간이 흐르면서 제국주의로 흐른 아테네의 오만은 민주주의의 역기능을 노출했다. 소크라테스와 플라톤, 아리스토텔레스, 크세노폰 등 진정한 지혜를 추구하던 철학자들은 하나같이 방종으로 흐른 아테네의 민주정체를 비판했다.

법정과 민회라는 제도를 통해 자유민들은 최고 권력을 행사하면서 그릇된 판단들을 남발했다. 아리스토텔레스가 민주정체를 가장 운용하기 힘든 정체로 본 통찰은 옳았다. 그는 최고 권력을 갖는 것은 배심 법정, 평의회, 민회의 개별 구성원이 아니라 법정과 평의회와 민회 전체라고 보았다. 그러니 대중 전체가 최고 권력을 갖는 것은 정당하다.

그런데 문제는 최고 권력을 가진 대중의 자의적 행위와 불의(不義)를 어떻게 막을 수 있느냐다. 아리스토텔레스는 열등하고 변덕스러운 사람들이 아니라 법(nomos)에게 국가의 최고 권력을 부여하는 대안을 생각했다.

"올바르게 제정된 법이 최고 권력을 가져야 한다"는 것이다. "모든 것이 민중의 결의에 따라 결정되는 이런 체제는 진정한 의미의 민주정체가 아님이 명백하다. 민중의 결의에는 보편타당성이 결여되어 있기 때문이다."

민주정체가 올바르게 기능하기 위해서는 '법의 지배(rule of law)'가 전제되어야 한다. 현대 민주주의 국가에서 법의 지배의 원리는 헌법 가치의 준수로부터 연원되어야 한다. 자유민주주의와 시장경제 창달의 헌법 가치를 구현하려는 법안들이 선동적 입법자들에 의해 제지되거나 그릇된 입법에 의해 흔들리고 있는 현실이 민주주의의 진정한 위기이다.

추천 고전

- 아리스토텔레스, 《정치학》, 천병희 옮김, 숲(2009).

민주주의의 치명적 오류

민중의 선동에 휘둘린 불법은 늘 참화를 낳는다.

페리클레스(BC 495?~429)가 역병으로 죽고 스파르타의 강공에 밀려 펠로폰네소스 전쟁(BC 431~404)에서 아테네의 패색이 짙어지자 민중은 갈피를 잡지 못했다. 민중의 선동과 폭주로 인해 민주주의의 치명적 오류가 드러나기 시작한 것도 그 즈음이었다. 기원전 406년 소아시아 연안에서 벌어진 아르기누사이 해전에 대한 재판이 대표적인 예다.

모처럼 아테네는 이 해전에서 스파르타 전함 70여척을 격파하는 대승을 거둔다. 아테네 장군들은 전투가 끝난 후 47척의 배로 난파한 아군의 선원들을 구하러 바다로 나갔다. 그런데 때마침 바람이 심하게 불고 파도가 거세 앞길을 가로막자 할 수 없이 철수했다. 그러자 민회에서 몇몇 선동가가 난파한 선원들을 구하지 못한 죄를 추궁했다. 파도가 너무 높아 구조를 할 수 없었다는 장군들의 해명은 묵살되었다.

어떤 이는 "많은 사람들을 바다에 빠져 죽은 사람들의 친척으로 가장시켜, 검은 옷을 입고 머리카락을 완전히 민 채로 축제에 참가하도록 하는 한편, 민회에서 장군들을 비난하도록" 사주했다. 많은 이들이 민중이 원하는 대로 하지 못하게 하는 것은 옳지 않은 처사라며 고함을 질렀다. 민중이 장군들을 일괄 표결로 판결하자며 소동을 부리자 행정위원들은 모두 겁에 질려 표결에 찬성했다. 불법적인 일괄 표결을 거부한 이는 소크라테스뿐이었다.

에우립톨레모스도 민중의 폭주를 저지하려 애썼다. "여러분은 승리했고 행운을 맞았으므로 패배하고 불행을 맞은 사람같이 행동하지 마십시오. 신에 의해 주어진 어쩔 수 없는 상황이라는 점을 고려하지 않고, 파도 때문에 명령을 수행하지 못한 것을 무능이 아니라 배반으로 간주하는 이율배반을 행하지 마십시오." 그는 개별적으로 죄의 유무를 판단해야 한다고 주장했지만 선동에 현혹된 사람들은 법을 무시했다. 결국 감정이 격앙된 다수 민중이 주도한 아테네 민회는 난파한 선원을 구하지 못한 책임을 물어 해전에 참가한 8명의 장군 모두를 유죄판결하고 귀국해 있던 6명을 처형했다.

크세노폰(BC 430?~355)의 역사서 《헬레니카(Hellenika)》는 이 어처구니없는 참극을 자세히 전한다. 뼈아픈 이 실책을 아테네 민중들은 오래지 않아 크게 후회했다. 선동했던 사람들은 나중에 미움을 받아

굶어 죽거나 해외로 달아나야 했다.

합리적 인과관계가 아니라 비열한 정략과 민중의 선동에 자주 휘둘리는 게 민주주의의 치명적 오류다. 법을 무시하는 선동이 자주 먹히는 우리에게도 이런 오류는 현재진행형이다.

추천 고전

• 크세노폰, 《헬레니카》, 최자영 옮김, 아카넷(2012).

민중 독재를 경계하라

민중 독재의 유혹에 빠질 때 민주정은 최악의 정체다.

고대 그리스인들은 2500여 년 전에 자유와 평등의 관념과 민주정을 창안했다. 실로 기적 같은 일이다. 동양에서는 19세기까지도 통치자와 피치자의 천부적 계급 체제를 벗어나지 못하지 않았던가. 그리스인들은 왕정, 귀족정, 과두정, 참주정, 민주정, 혼합정 등 다양한 정체를 시험했다.

아리스토텔레스(BC 384~322)는 《정치학》에서 여러 도시국가들이 채택하고 있는 정체들을 비교하면서 최선의 정체를 모색하고, 각각의 정체를 유지하거나 붕괴시키는 상황들을 궁구했다.

그는 "모든 정체가 좋은 것일 때는 민주정체가 최악이고, 모든 정체가 나쁜 것일 때는 민주정체가 최선"이라고 말한다. 아리스토텔레스는 참주정이나 과두정보다 "민주정체가 가장 견딜 만할" 뿐이지 잘못 작동될 때에는 최악의 정체가 될 수 있다고 경고했다.

그 까닭을 들어 보자. 자유민이 최고 권력을 갖는 민주정체에서는 소수의 부유한 귀족들이 최고 권력을 잡는 과두정체보다 민중의 참여가 보다 광범위해진다. 아테네는 민주정체의, 스파르타는 과두정체의 대표적인 사례를 보여 준다. 아테네는 페리클레스(BC 495?~429) 시대에 민주정을 꽃피워 그리스 문명의 황금시대를 열었다. 하지만 그 민주정으로 인해 기원전 4세기 이후 아테네는 마케도니아와 로마에 연이어 종속됐다. 왜 그랬을까. 시민의 덕성이 탁월할 때는 민주정이 '최선의 정체'로 기능했지만, 민중 독재가 시작되자 '최악의 정체'로 타락했기 때문이다.

민주정의 핵심적 특징은 시민 전체가 모든 공무를 결정한다는 점이다. 이에 따라 아테네에서는 시민 누구나 추첨에 의해 행정관이 될 수 있었다. 또 민회에서 시민 전체가 나라의 중요 정책과 입법을 심의하고 의결했다. 그런데 "민중선동가들의 무절제 때문에" 민주정이 오염되기 시작했다. 그들은 부자들을 무고하고 빈자들에게 부자들을 공격하도록 공공연하게 부추겼다. 아리스토텔레스는 이런 일이 비일비재하다고 개탄했다.

나아가 그는 "정의는 평등이고, 평등은 다수의 결정이 최고 권력을 갖는 것을 의미하며, 자유는 각자 원하는 대로 하는 것을 의미한다"고 여기는 극단적 민주정의 옹호자들이 진정한 민주정을 파괴한다고 진단했다. 선동에 휘둘린 민중은 "가치에 따른 비례적 평등이 아니라 수에 따른 산술적 평등"을 추구했다. 또 "다수의 결의가 최종적인 것이며 정의로운 것"이라는 맹신은 민중 독재로 이어졌다.

집단 이해를 위한 소수의 목소리가 다수를 압도하는 떼법 문화, 격차 해소를 명분으로 계층 간 분노를 부추기는 선동가들, 사드 배치와 같은 5000만 생존이 걸린 국가 안보 현안에서도 정파적 이해를 벗어나지 못하는 정치인들이 판치는 현실이야말로 진정한 민주정을 위협하는 민중 독재의 징후들이 아닐까.

추천 고전

- 아리스토텔레스, 《정치학》, 천병희 옮김, 숲(2009).

소크라테스와 국법

올바르게 살고자 하는 자신과의 약속은 지킨다.

필멸의 인간은 언젠가 죽는다. 하지만 늘 더 오래 살고 싶은 게 인지상정이다. 그런데 오래 사는 것이 중요한 것이 아니라 언제 어떻게 죽느냐가 그 사람의 삶의 가치를 좌우한다. 플라톤(BC 427~347)의 대화편 《크리톤(Kriton)》에 나오는 이야기다. 소크라테스(BC 470~399)도 시험대에 올랐다.

그는 신을 믿지 않고 청년들을 타락시킨다는 죄목으로 기소돼 시민법정에서 사형 선고를 받았다. 시민들을 지혜로운 삶으로 이끌기 위해 분투하던 그에게 얼토당토않은 죄목이었지만 시민들의 심판결과는 어긋났다.

소크라테스의 친구와 제자들은 독약을 마시고 죽어야 될 소크라테스의 운명을 받아들이기 어려웠다. 그들은 부당한 재판 결과에 따라 소크라테스를 죽게 내버려둘 수는 없었다. 소크라테스가 사형 집행을 기다리며 투옥돼 있는 동안 죽마고우 크리톤은 감옥에 면회를 가서 간수에게 뇌물을 써서 그를 탈옥시키겠다고 말한다.

크리톤은 소크라테스가 이대로 죽는다면 아직 장성하지 않은 자식들을 배신하는 무책임한 행위이고, 친구들에게도 해악이니 탈옥 계획을 세우자고 채근했다. 특히 소크라테스가 불합리한 일로 죽게 된다면 세상 사람들에게 친구들이 비겁하게 처신한 탓으로 여겨질 수도 있다는 것이다.

하지만 소크라테스는 “불의한 행위에 의해 탈이 나고 정의로운 행위에 의해 덕을 보는 그 부분이 망가졌다면 우리의 삶은 살 만한 가치가 있을까?” 의문하며, 중요한 것은 사는 것이 아니라 ‘잘 사는 것’이라고 말한다. 나아가 잘 사는 것은 아름답고 올바르게 사는 것이라고 갈파한다.

소크라테스는 대중에게 자신이 해를 입었다고 해서 그 앙갚음으로 해코지하는 것은 옳지 않다고 말하며, 탈옥 행위는 국법과 국가 공동체를 파괴하는 불의한 짓이라고 규정한다. 특히 자신은 낳아 주고 교육받고 살 수 있게 해 준 국법과 조국에 앙갚음할 권리가 없다고 말한다. “부모에게 폭력을 행사하는 것이 불경한 짓이라면, 조국에 폭력을 행사하는 것은 훨씬 더 불경한 짓이라네.”

소크라테스는 탈옥은 국법을 준수하기로 합의해 놓고 이를 어기고 도주하려는 기도이므로 이는 불공정한 기만행위라고 규정한다. 결국 크리톤은 소크라테스를 설득하지 못했고, 얼마 후 소크라테스는 독약을 기꺼이 마시고 죽었다.

그는 국법의 판결에 불복하고 더 오래 사는 길을 택할 수 있었지만, 국법에 따른 죽음을 묵묵히 받아들였다. 그것이 진정으로 '잘 사는 것'이라고 믿었기 때문이다. 선동과 괴담에 휘둘려 국법과 공동체를 파괴하는 행위들이 서슴없이 빚어지는 요즘 세태에 깊이 생각해 볼 대목이다.

추천 고전

- 플라톤, 《소크라테스의 변론 파이돈 향연》, 천병희 옮김, 숲(2012).
- 플라톤, 《크리톤》, 이기백 옮김, 이제이북스(2014).

아크로폴리스 맞은편에 있는 필로파포스 언덕으로 가는 숲 한편에 있는 동굴이다. 유적 표지판에는 이곳이 '소크라테스의 감옥'이었다고 씌어 있다. 하지만 이는 근거가 희박하다. 소크라테스는 아고라의 어느 감옥에서 독배를 마시고 죽었다고 보는 것이 정설이다. 오늘날 아테네인들이 소크라테스를 기리는 애틋한 마음에서 감옥의 형상이 뚜렷하게 남은 이곳을 징표의 장소로 삼으려 한 것은 아닐까 싶다.

민주주의와 절차적 정의

선동에 휘둘린 민중의 불법이 비극을 낳는다.

공자는 《논어》에서 군자가 취해야 할 글쓰기와 언행에서 '문질빈빈(文質彬彬)'을 강조했다. 바탕이 되는 내용도 중요하지만 꾸미는 형식과 문체를 제대로 갖춰야 더욱 빛난다는 뜻에서다. 이는 본질이 절차와 조화를 이루어야 하는 서구 논리학과 변론술에도 중요하게 여겨졌다. 또 재판에서 실체와 절차의 조응은 절대적 필요조건이다.

고대 그리스 역사에서 살펴볼 유사 사례는 없을까. 있다. 기원전 406년 소아시아 연안에서 벌어진 아르기누사이 해전에 대한 재판의 오류는 절차적 정의가 무너질 때 초래되는 비극적 상황을 웅변한다. 크세노폰(BC 430?~355)의 《헬레니카》를 보자.

스파르타와 아테네가 격돌한 아르기누사이 해전에서 아테네는 25

척의 파괴를 입었지만, 적함 70척을 격파하는 대승을 거둔다. 아테네 해군은 그 와중에 난파한 아군의 배와 선원들을 구하러 47척의 구조대를 보냈다. 그런데 폭풍이 불어 그들은 구조 작전을 완수하지 못하고 돌아왔다.

민회에서 참전 장군들을 비난하자 장군들은 민회에 편지를 보내 파도가 높아 구조하지 못한 불가피한 상황을 설명하고 누구에게도 책임을 물을 수 없다고 민중을 설득하려 했다. 그러자 테라메라스는 민중을 동원해 위계를 꾸몄다. 그는 군중을 바다에 빠져 죽은 사람들의 친척으로 가장시켜, 검은 옷을 입고 머리카락을 완전히 민 채로 축제에 참가하도록 해 유족의 슬픔을 민중 전체의 분노로 확산시켰다. 나아가 칼릭세노스로 하여금 민회에서 장군들을 일괄 표결로 사형에 처해야 한다고 충동질하게 했다.

당시 민회에 안건 회부할 결정권을 가진 협의회는 민중들의 소동과 협박에 겁에 질려 일괄 표결에 찬성했다. 마침 그날 협의회 위원이던 소크라테스(BC 470~399)만 일괄 표결은 위법하다며 반대했다. 칸노노스 법에 따르면 기소된 사건은 개인별로 죄의 유무 판단, 고발인의 비난, 피고의 해명을 차례로 듣고 표결해야 했다. 에우립톨레모스도 적법 절차에 따라 개별 표결을 주장했지만 무시당했다.

결국 참전 장군 8명 중 소환에 응했던 6명은 억울하게 처형되었다. 아테네군은 9명의 선출직 장군으로 구성된다. 요즘으로 치면 참모총장과 군사령관이 민중의 광기에 한꺼번에 사형당한 셈이다. 적법 절차를 무시한 민중의 조작과 선동이 불러온 전무후무한 참극이었다.

하지만 오래지 않아 아테네인들은 자신들의 중대한 죄악을 깨달았다. 과거 민중을 현혹했던 사람들은 민중에 의해 죽임을 당하거나 달아나야 했다. 그런들 무고한 장군들의 원혼을 어찌 달랠까.

어떠한 의사결정 과정에서든 의분이 앞서 자율성이란 이름 아래 합리적 절차가 간과되어서는 안 된다. 하물며 위헌과 위법 여부를 다투는 중대한 재판에서랴.

추천 고전

• 크세노폰, 《헬레니카》, 최자영 옮김, 아카넷(2012).

훌륭한 정치가와 훌륭한 국민의 조건

정치가는 지혜를, 국민은 절제를 갖춘 때 정의가 자란다.

민주주의를 창안한 아테네인들은 기원전 5세기에 황금기를 누렸다. 하지만 아테네와 스파르타를 중심으로 양분되어 벌인 펠로폰네소스 전쟁(BC 431~404)은 그리스인들의 건강한 시민정신을 급격하게 타락시켰다. 그 와중에도 아테네에는 여전히 민회에서 활약하고픈 정치가가 양산되고 있었고 대중들은 그들의 선동에 자주 흔들렸다.

이즈음 플라톤(BC 428?~347?)이 쓴 《알키비아데스 I》에 주목할 만한 일화가 있다. 알키비아데스(BC 450?~404)도 정치와 군대의 지도자가 되려고 안달했고 그 야망을 거침없이 드러냈다. 그는 아테네에서 최고의 꽃미남으로 손꼽혔다. 뭇 여성들의 잠을 설치게 했을 정도였다. 또 올림피아 마차 경주에서 우승하는 등 체력과 기량도 탁월했다.

소크라테스(BC 470?~399)는 정치에 나선 혈기방장한 알키비아데스가 걱정스러웠다. 그는 알키비아데스가 정의로운 것들과 정의롭지 못한 것들을 제대로 알고 있는지 물었다. 알키비아데스는 이렇게 말했다. "아테네 사람들이 뭐가 더 정의롭고 뭐가 더 정의롭지 못한지에 대해서 숙고하는 경우는 드뭅니다. 행위를 할 때 어떤 행위를 하는 것이 이로운가를 살필 따름입니다."

소크라테스는 이로운 게 좋은 것인가 반문했다. 알키비아데스는 자신 있게 응답하지 못했다. 소크라테스는 알키비아데스가 나쁜 것과 좋은 것들, 이로운 것들과 이롭지 않은 것들에 대해 제대로 알지 못하는 무지를 질책했다. 특히 행동의 잘못들은 "알지도 못하면서 안다고 생각하는 무지 탓"에 생긴다는 점을 일깨웠다.

"자네는 교육도 받기 전에 정치에 달려든 셈이지. 그런데 자네만 이런 꼴인 게 아니라, 나랏일을 행하는 이들 가운데 대다수 역시 그런 꼴이라네." 소크라테스는 정치가가 나라를 다스릴 충분한 지혜를 갖출 것을 요구했다. "나라가 행복해지고자 한다면 훌륭함 없이는 성벽도 군선도 조선소도, 이런 것들의 많음과 큼도 소용없네. 자네가 나랏일을 정의롭고 아름답게 행하려면 시민들에게 훌륭함을 나눠 주어야 하네."

소크라테스는 정치가가 스스로 지혜를 쌓고 민중이 훌륭한 덕성을 발휘하도록 이끌 것을 희망했다. "자네가 자신과 나라에 갖추어야 할 것은 원하는 것이면 무엇이든 할 수 있는 자유와 권력이 아니라 정의와 절제일세." 20대 국회가 시작되었다. 숙고하는 지혜를 갖춘 이들이길 바란다. 어디 선량(選良)들뿐이랴. 지혜와 정의, 절제야말로 행복한 나라를 만들기 위해 온 국민이 함께 갖추어야 할 덕목인 것을.

추천 고전

- 플라톤, 《알키비아데스 Ⅰ·Ⅱ》, 김주일 정준영 옮김, 이제이북스(2014).

소크라테스(오른쪽)가 알키비아데스 장군에게 무언가 설명하는 모습이다. 평소 그는 제자 알키비아데스에게 늘 지혜를 쌓고 영혼을 아름답게 가꿀 것을 요청했다. 그림 〈아테네 학당〉의 세부이다. 〈아테네 학당〉. 라파엘(Raphael, 1483~1520) 1511년 작. 로마 바티칸 박물관.

법 안의 자유가 공화다

나와 공동체의 자유와 권익을 지키기 위해 법이 존재한다.

마르쿠스 툴리우스 키케로(BC 106~43)는 로마 최고의 문장가이면서 걸출한 웅변가이자, 공화정에서 제정으로 넘어가던 격동의 시기에 결연하게 공화정을 수호하려 애쓰던 정치가였다. 그가 추구한 공화정의 가치는 《국가론》에 잘 드러나 있다.

그는 늘 자신의 유익보다 조국의 유익을 우선시하는 선공후사(先公後私)의 정신이 투철했다. "조국은 우리의 정신, 재능, 예지 중에서 가장 많고 큰 부분을 조국 자체의 유익을 위해서 담보로 잡고 나서 나머지가 있을 경우에 우리에게 사적인 용도로 되돌려주도록 한 것이다."

또 국가를 지탱하기 위해서는 '법에 대한 동의와 유익의 공유'가 절대적으로 필요하다. 이는 공화(共和)의 가치 가운데 가장 중요한 요소다. 키케로는 아테네 식 민주정보다 집정관과 원로원, 민회가 상호 견제와 균형을 이루고 있는 로마의 공화정이 '체제, 질서, 규율의 면에서' 최상의 국가 양식이라고 주장했다. 키케로는 집정관에게 권한을, 원로원에는 권위를, 인민에게는 충분한 자유를 보장하는 체제로서의 공화정이 국가를 지속하게 한 것으로 보았다. 인민의 자유만 주장하면 공화정의 근간이 흔들린다는 얘기다.

키케로는 공화정을 위협하는 대중의 법 경시 풍조를 경계했다. "어떻게 대중이 주인 노릇하는 상태 속에 국가라는 이름이 생기는지 나는 알지 못하오. …법에 대한 합의로 억제되지 않는 자들은 인민이 아니기 때문이오. 오히려 인민이 한명의 사람처럼 모일 때는 참주나 다름없는데, 이 경우가 더욱 무서운 법이지요. 왜냐하면 인민의 모습과 이름을 흉내 낸 것보다 더 잔인한 짐승은 없기 때문이오."

키케로는 법을 무시하는 대중들의 선동을 경계했다. "만약 사실상 인민이 가장 힘이 있고 인민의 자의에 따라서 모든 것이 이루어진다면, 그것은 자유라고 불리지만 사실은 방종입니다. 그러나 어떤 사람이 다른 사람을 두려워하고, 인간이 인간을, 신분이 신분을 두려워할 때 어느 누구도 자기에게 자신감을 갖지 않으므로 인민과 유력자들 사이에 일종의 계약이 생깁니다." 사람들은 대중의 방종으로부터 자신을 보호하기 위해 국가에 의탁하게 된다는 것이다.

우리 사회도 '사실은 방종'인 이런 대중의 자유가 넘치지 않는가. 선동가들은 보편적인 법을 무시하고 특정한 집단의 이해와 이익을 충족시키기 위해 대중의 힘을 이용하여 새로운 법을 남발하기 일쑤다.

이런 입법은 또 다른 다수 집단의 재산의 손실과 자유의 억압을 불러온다. 20대 국회에서는 이런 특별법을 남발하지 않기를 바란다. 키케로가 이해했듯 정의는 진실하고 영원하며 보편적인 법 안에 내재한다.

추천 고전

- 키케로, 《국가론》, 김창성 옮김, 한길사(2007).

동참하지 않는 자 시민이 아니다

참여하지 않는 자는 자유와 권익을 누릴 자격이 없다.

그리스의 7현인 가운데 한 사람인 솔론(BC 630?~560?)은 아테네의 탁월한 입법자이자 정치가였다. 그는 귀족과 평민들이 서로 다툴 때 양측이 서로 인정하고 양보할 수 있는 입법을 위해 고심했다. 플루타르코스(46~120?)의 《영웅전》이 이를 잘 전해 준다. 솔론은 빚에 쪼들리던 민중의 짐을 덜어 주기 위해 토지를 제외한 모든 채무를 탕감해 주고, 채무로 인신이 저당 잡혀 있던 동포들을 외국에서 데려오고, 국내에서 종살이하던 이들도 해방시켰다.

그럼에도 솔론은 모두를 만족시킬 수 없었다. 부자들은 채권을 빼앗긴 것에 불만이었고, 빈자들은 토지를 재분배해 주지 않았다고 불평했다. 하지만 지나친 격차와 불평등을 크게 완화시켰다. 나아가 그

동안 귀족이 독차지하던 정부의 다양한 기구에 대중의 참여 기회를 넓혔다.

시민들을 재산의 보유 정도에 따라 네 계층으로 나누고 계층에 걸맞은 참여 권리를 주었다. 재산이 없는 날품팔이들인 최하층 테테스에게도 민회의 배심원이 될 자격을 부여했다. 솔론의 조치들은 아테네 민주정의 기초를 다졌다고 평가받을 만큼 획기적이었다.

솔론이 꿈꾸던 세상은 모든 시민들이 능동적으로 참여해 서로 불의를 견제하고 정의를 구현하는 사회였다. 그는 피해 입은 사람을 위해 시민 누구나 소송을 제기할 수 있도록 입법했다. 그로 인해 어떤 시민이든 해를 당하는 타인을 위해 가해자를 고발하고 소추할 수 있었다. 오늘날 검찰의 기소 독점과 다르다. 이는 시민들이 남의 불행을 공감하고 동정하는 데 익숙하게 만드는 지혜로운 조치였다.

누군가 솔론에게 어떤 도시가 가장 살기 좋은 곳이냐고 묻자 그는 "불의를 당한 자들 못지않게 불의를 당하지 않은 자들도 불의를 저지른 자들을 벌주려고 나서는 도시"라고 대답했다. 솔론은 시민들이 사적 이해에 묻혀 소극적으로 사는 것이 아니라, 공동체의 규범과 이익을 위해 용기 있게 나설 것을 권장했던 셈이다.

이런 솔론의 희구를 극명하게 드러낸 아주 역설적인 법도 만들었다. "당파 싸움이 벌어졌을 때, 어느 편에도 가담하지 않는 자의 공민권을 박탈하도록 규정한 법"이다. 특정 현안에 대해 분열과 갈등이 벌어졌을 때 시민들은 어느 편에든 가담해야 한다니 이 무슨 괴이한 법인가. 솔론은 시민들이 사적 이익과 안전만 도모하지 말고 더 낫고 더 정의로운 편에 가담해 위험을 공유하며 조국의 고통과 혼란을 적극적으로 해결하는 데 나서라고 요구한 것이다. 그는 시민들이 치열한 논쟁과 대립을 하며 정의롭고 합리적인 대안이 어느 정도 도출될 것으로 기대했던 것이리라. '목소리 큰 소수'의 특수 이해관계에 국가의 정책이 휘둘려도 국민들이 '침묵하는 다수'로 머물 때 공동체의 자유와 평등이 보존되기 어렵다는 인식이 아니었을까. 예나 지금이나 민주주의의 성패는 참여에 달렸다.

추천 고전

- 플루타르코스, 《플루타르코스 영웅전》, 천병희 옮김, 숲(2010).
- 플루타르코스, 《플루타르코스 영웅전 Ⅰ》, 홍사중 옮김, 동서문화사(2007).

플라톤의 결혼장려 법안

인간은 결혼을 통해 세대를 이어 영생한다.

출산율 저하와 고령화가 동반되면 경제활동 인구와 노동력의 감소로 인해 국민총생산이 위축된다. 게다가 고령 미취업자를 부양해야 할 청장년들의 어깨도 무거워진다. 현대 의학의 발달과 식생활의 개선으로 평균 기대 수명은 길어졌지만, 취업난과 자녀 양육의 어려움 때문에 결혼과 출산을 기피하면서 빚어지는 현상이다.

고대에는 어느 사회나 평균 수명은 낮았지만, 높은 출산율 덕택에 사회 전체적으로 젊은 연령대의 인구를 적정하게 유지할 수 있었다. 그래서 젊은이들에게 결혼을 장려하는 것은 매우 중요한 일이었다. 기원전 4세기 그리스 사회는 한때 낮은 출산율이 심각한 문제였던 모양이다. 27년간 지속된 펠로폰네소스전쟁(BC 431~404)의 여파로 수

많은 청장년들이 전쟁터에서 목숨을 잃어서였는지도 모르겠다.

아무튼 플라톤(BC 427~347)은 대화편 《법률》에서 어떻게 하면 청년들의 결혼을 촉진시킬 수 있을지 고민했다. 그는 당시로는 매우 급진적인 결혼 장려 법안을 입안하고 이를 채택할 것을 권고했다. "개인은 30세가 되면 35세까지는 혼인을 할 것. 법에 복종하는 자는 벌을 받지 않고 자유로울 것이나, 반대로 불복하는 자는 해마다 얼마의 벌금으로 내게 하라. 독신 생활이 자신에게 이득과 편함을 가져다주리라고 생각하는 일이 없도록 하기 위해서다. 또한 그 나라에서 젊은 연배의 사람들이 자신들보다 연장인 사람들을 그때마다 존경해 주는 그런 면도 누리지 못하게 하라."

결혼을 못 한 청년들은 미혼도 억울한데, 벌금을 물고 불명예의 처벌까지 받는다면 부당하다고 여겼을 터. 플라톤은 왜 이렇게 터무니없어 보이는 법안을 입안했을까. 그런데 그의 입법 취지는 매우 설득적이다. "결혼을 통해 자녀를 낳는 일이 유한한 생명을 가진 인간이 영원히 사는 불사에 참여하는 경건한 일이며, 이런 책무를 수행하는 자만이 존경과 명예를 누릴 자격이 있다"는 것이다.

다시 말해 인류가 어떤 본성에 의해 불사성(不死性·athanasia)에 참여하는 방식이 결혼이며, 또한 모든 인간은 이에 대한 온갖 욕구를 선천적으로 지니고 있다는 것이다. 플라톤은 후손을 낳는 것이 영생하는 것과 마찬가지라는 신성한 의미를 부여했다.

플라톤의 결혼 장려 법안은 설득(peitho)과 강제력(bia)을 병행하고 있다. 플라톤의 이런 설득적 법안을 '이중적인 형식의 법'이라고 일컫는다. 플라톤의 법안은 이렇듯 꽤 진정성은 있었다. 하지만 이를 실행한 국가가 있었는지는 기록으로 확인되지 않는다. 어떻게 하면 청년들이 결혼에 적극적이게 만들 수 있을지 우리 사회도 고민이 깊다. 그래도 인구안정처 신설은 단견일 듯싶다. 강제력은 쓸 수 없는 노릇이고 호소력 있는 설득적 정책은 없을까.

추천 고전

- 플라톤, 《법률》, 천병희 옮김, 숲(2016).
- 플라톤, 《법률》, 박종현 옮김, 서광사(2009).

크레온의 의무와 안티고네의 의무

인륜은 천륜이다.

'내가 살고자 하면 오빠의 시신은 들짐승과 새들의 밥이 되고, 내가 거두어 장례를 지내면 내가 죽는다.' 어찌해야 하나. 인생의 여정에서 맞닥뜨리는 비극과 파멸은 운명의 장난인가, 아니면 인간의 무지와 오만의 결과인가. 소포클레스(BC 496~406)의 비극 《안티고네(Antigone)》는 인생의 결정적인 순간에 저질러진 인간의 고집과 오판이 예기치 못한 비극적인 파멸을 불러올 수 있음을 잘 보여 준다.

오이디푸스가 죽은 후 테베에서는 오이디푸스 왕의 쌍둥이 아들인 에테오클레스와 폴리네이케스가 1년씩 왕위를 교대하기로 한다. 하지만 먼저 왕위를 차지한 장남 에테오클레스가 1년이 지나도 왕위를 폴리네이케스에게 넘겨주지 않자 폴리네이케스는 장인의 나라 아르고스의 군대를 이끌고 조국 테베를 공격한다. 두 사람은 교전 중에 전사한다.

테베의 섭정이던 크레온은 조국을 배신한 반역자 폴리네이케스의 주검을 들판에 버려 들짐승과 새들의 먹이가 되도록 하면서 주검을 거두어 장례를 치르려는 사람은 누구든 돌로 쳐 죽이라는 포고령을 내린다. 하지만 이 명령을 어긴 사람이 나온다. 폴리네이케스의 여동생 안티고네가 바로 그 사람이다. 그녀는 남몰래 오빠의 시신을 묻고 장례의식을 행함으로써 이를 둘러싼 갈등을 불러온다.

이 비극을 관통하는 갈등 구조는 국법이 우선인가, 아니면 인륜, 나아가 '신의 법'이 우선인가를 둘러싼 대립이다. 이러한 법과 윤리의 충돌 상황은 양측 모두에게 비극적 상황으로 귀결된다.

크레온은 섭정으로서 조국을 침공한 폴리네이케스의 반역을 단죄할 책무가 있었다. 반면 안티고네는 오빠가 비록 국법을 어겼지만, 그의 주검조차 거두지 못하는 것은 인륜을 저버리는 일이라고 생각했다. 안티고네는 혈족인 친오라버니를 무덤에 묻어 주는 것이 자신의 죽음보다 더 영광스러운 일이라고 믿었다.

누가 옳은가. 둘 다 옳아서 비극이다. 그런데 크레온에게 더 많은 비판이 쏠려 왔다. 하지만 당시 그리스의 관습과 법에 따르면 반역자의 시신을 거두지 못하게 한 것 자체는 잘못된 결정은 아니다. 예외 없는 법의 집행이냐, 아니면 혈족에게 예외를 둘 것이냐가 크레온이 직면한 고뇌였다.

크레온의 의무와 안티고네의 의무의 대립은 극단적인 한 예다. 이들의 대립을 통해 무엇이 인간의 삶을 결정하는 정당한 기준이 될 수 있는지 숙고하게 한다. 엄격한 법의 집행도 중요하지만 그 법의 정신이 인간의 자연법적인 도리와 신의 섭리와 배치될 때, 인간 사회에 또 다른 갈등과 비극의 씨앗이 될 수 있음을 보여 준다. 부정청탁금지법이 발효됐다. 그동안 끈끈한 유대 속에서 국법과 정의를 혼탁하게 하던 혈연, 지연, 학연의 예외적 상황들이 인륜과 상규(常規)로 포장돼 법과 대립하지 않길 바란다.

추천 고전

- 소포클레스, 《오이디푸스 왕/안티고네》, 천병희 옮김, 문예출판사(2010).
- 소포클레스, 《소포클레스 비극 전집》, 천병희 옮김, 숲(2008).

도편 추방의 치명적 약점

세상이 어지러워지면 악인이 설친다.

펠로폰네소스 전쟁(BC 431~404)이 한창 진행되던 시기인 기원전 417년에서 416년에 아테네의 정치지도자 알키비아데스와 니키아스는 맞수로 경쟁하며 분열과 혼란상을 노정했다. 전자는 호전파로 주적 스파르타가 있는 펠로폰네소스 공략에 집중했고, 평화파인 후자는 금광과 목재가 풍부한 마케도니아 지역의 아테네 식민도시들의 영토 회복에 중점을 두었다.

또 니키아스는 가급적 스파르타와의 전면전을 피하려 했고, 스파르타의 포로들을 무상으로 돌려보내기도 했다. 반면 알키비아데스는 스파르타와 숙적인 이웃 아르고스와 동맹을 맺고 스파르타 인근 해안을 노략질하며 전쟁의 불길을 부채질했다. 이렇게 두 사람의 서로 다른 성향과 전략으로 인해 아테네의 군사전략은 교착상태에 빠졌다. 결국 이들의 불화가 심해지자 시민들은 둘 가운데 한 사람을 도편 추방시켜야 할 상황이 됐다.

도편 추방은 기원전 487년에 처음 도입됐는데, 나라에 해를 끼치는 사람이나 참주가 될 가능성이 있는 야심가를 10년 동안 국외로 추방함으로써 정치적 안정을 꾀했던 제도였다. 시민들은 추방해야 할 사람의 이름을 도기 파편에 써서 투표했고, 적힌 이름이 6000표 이상 나오는 사람을 추방했다. 도편 추방은 민주정을 위협하는 정치 엘리트들을 탄핵하는 시민들의 견제 장치로 기능했다.

니키아스는 막대한 재력과 독선적 태도 때문에 시민들의 질시를 받았고, 알키비아데스는 전쟁을 원하는 청년들의 지지를 받았다. 평화를 원하는 노인들은 알키비아데스를, 확전을 원하는 청년들은 니키아스를 도편 추방시키고자 애썼다. 그런데 정정(政情)이 불안해지자 천박하고 야비한 자마저 설쳤다. 히페르볼루스가 대표적인 인물이었다. 그는 정쟁을 벌이던 둘 가운데 한 사람이 도편 추방되면 자신이 권력을 잡을 것으로 기대했다.

하지만 히페르볼루스가 도편 추방을 추진하자 위기에 몰린 니키아스와 알키비아데스는 공동전선을 펴서 오히려 그를 도편 추방시키는데 성공한다. 아테네의 자유를 위협하는 유력 정치가를 추방해 정국 안정을 꾀하려는 도편 추방이 보잘것없는 인물을 추방하는 것으로 귀결되자 아테네 시민들은 이를 불명예스럽게 생각했다. 플루타르코스(46?~120?)의 《영웅전》에 나오는 이야기다.

압도적인 지지를 받는 사람이 없이 팽팽하게 맞선 정치가들이 야합하자 엉뚱한 결과가 나온 것. 형벌을 받은 저열한 히페르볼루스가 큰 정치가로 보이게 된 것도 아이러니였다. 이 사건은 도편 추방의 치명적 약점을 극명하게 드러냈다. 이를 계기로 아테네에서 70년 만에 도편 추방이 폐지된다. 민주정을 견실하게 운영하기 위한 창안물이 시민들의 지지가 미약한 자들이 권력을 잡기 위한 '한 방 승부'로 악용됐기 때문이었다.

추천 고전

- 플루타르코스, 《플루타르코스 영웅전 Ⅰ》, 홍사중 옮김, 동서문화사(2007).

아테네 시민들은 권력이 한 사람에게 집중되어 민중을 억압할 것으로 염려되는 경우에는 국외로 추방하는 도편추방 제도를 도입했다. 도기 파편에 추방되기를 원하는 여러 사람들의 이름이 새겨져 있다. 아테네 아고라 박물관.

동맹 파기와 분열의 대가

적을 앞에 두고 내부 분열보다 무서운 적은 없다.

그리스 도시국가들은 세 차례의 페르시아 전쟁에서 승리하고 난 기원전 5세기 중엽 평화와 번영을 구가했다. 하지만 눈앞에 있던 공동의 적이 사라지자 내부에서 새로운 위기가 싹텄다. 그리스 전체의 패권을 잡기 위해 아테네와 스파르타가 격돌한 것이다.

그리스 도시국가들은 민주정을 추구하던 아테네가 주축이 된 델로스 동맹과 과두정을 채택한 스파르타를 중심으로 뭉친 펠로폰네소스 동맹으로 나뉘어 대립했다. 두 진영이 각 정치체제를 확장해 나가면서 펠로폰네소스 전쟁(BC 431~404)을 불러왔다. 투키디데스(BC 460?~400?)는 이 참화를 《펠로폰네소스 전쟁사》에서 증언했다.

전쟁은 온갖 무자비한 살상과 파괴를 낳았고 숱한 도시들을 희생

양으로 삼았다. 아테네의 혈맹인 그리스 중부 지방의 도시 플라타이아는 중부 지방 보이오티아 연맹의 맹주인 이웃 도시 테베와 맞섰다. 스파르타와 동맹을 맺은 테베는 아테네가 다른 전선에 몰두하는 동안 오랜 앙숙인 눈엣가시 플라타이아를 계속 공격했다. 테베의 줄기찬 공략과 회유에 지친 플라타이아의 유력자들은 아테네와의 동맹을 파기하고 몰래 테베와 평화협정을 맺고는 성문을 열어 테베인들을 받아들였다.

뒤늦게 테베인의 세력이 크지 않음을 알게 된 플라타이아인들은 성안의 테베인들을 살해했지만 상황을 돌이킬 수 없었고 결국 테베의 동맹국 스파르타군의 봉쇄 작전에 굴복했다. 스파르타인들은 항복한 플라타이아인들을 모조리 붙잡아 약식재판에 회부했다. 재판관들은 스파르타와 그들의 동맹군에게 도움을 준 적이 있느냐는 짧은 질문을 던지고, 그런 적이 없다고 대답하는 자를 모두 죽였다.

투키디데스는 이 참극들이 지도층의 '탐욕과 야심에서 비롯된 권력욕'에 기인했다고 말한다. "정파 지도자들이 반대파를 누르려 수단과 방법을 가리지 않고 극단적인 잔혹 행위를 일삼았으며, 정의나 국익 대신 그때그때 자신이 속한 정파를 즐겁게 해 주는 것만을 행동 기준으로 삼았기 때문이었다"는 것이다.

플라타이아는 아테네의 동맹국이 된 지 93년 만에 처참하게 끝장났다. 시민들의 분열과 동맹 파기의 대가였다. 적을 앞에 두고 내부 분열보다 무서운 적은 없다. 한·미 동맹과 북·중 동맹이 부딪치고 있는 작금의 상황에서 흘려들을 얘기가 아닌 듯싶다.

기원전 490년 아테네와 함께 마라톤 전투에서 페르시아 대군을 물리쳤던 플라타이아는 기원전 428년 테베의 끈질긴 공략과 달콤한 평화협정의 유혹에 넘어가 결국 처참하게 멸망했다. 플라타이아 성채의 잔해만 쓸쓸히 남아있는 풍경이다. 에드워드 도드웰(Edward Dodwell, 1767~1832)의 그림이다.

출처: https://commons.wikimedia.org/wiki/File:Ruins_at_Plataia_in_Boeotia_-_Dodwell_Edward_-_1834.jpg

추천 고전

- 투퀴디데스, 《펠로폰네소스 전쟁사》, 천병희 옮김, 숲(2011).

언제나 헌법이 우선이다

비상조치도 절차의 정당성을 넘어 설 수 없다.

로마 공화정 말기의 일이다. 기원전 63년 집정관 선거에 출마했다가 키케로(BC 106~43)에게 패한 카틸리나(BC 108~62)가 반역을 도모했다. 그는 로마 외곽에 군대를 모으고 동맹자를 준비시켰다. 기원전 83년 술라(BC 138?~78)가 군사력으로 정권을 장악한 후 최초의 독재관이 된 전례를 따를 심산이었는지도 모른다. 그러나 역모의 기미를 사전에 입수한 집정관 키케로는 원로원에 출석한 카틸리나를 격렬하게 탄핵했다.

키케로는 "당신은 불멸하는 신들의 성전, 수도 로마의 건축물, 모든 시민의 생명, 이탈리아 전체에 파괴와 황폐를 초래하고 있다"고 규탄하며 카틸리나에게 로마를 떠날 것을 요구했다. 또 카틸리나와 공모자들을 죽이지 않으면 공화정에 악의 뿌리가 깊이 내릴 것이라고 강력히 경고했다.

그럼에도 카틸리나가 모반 세력의 확대를 멈추지 않자, 로마 원로원은 그를 '국가의 적'으로 규정하고 국가 비상사태를 선포한다. 결국 키케로는 로마 정규군을 동원해 반역의 군대를 신속하게 진압했다. 반군을 지휘하던 카틸리나는 전사했다. 이후 키케로는 로마에 잔류한 공모자들을 검거하여 즉결 처형했다. 내란 사건을 용기 있고 신속하게 처리하여 공화정을 수호한 키케로는 시민들에게 '국부(國父, Pater Ptriae)'로 칭송받았다.

그런데 구금 중인 역모의 잔당들을 즉결 처형한 것이 큰 논란을 불렀다. 결국 5년 후인 기원전 58년 키케로와 대립하던 호민관 클로디우스는 키케로를 로마 시민을 재판 없이 처형했다는 혐의로 기소했다. 키케로는 목숨을 건지기 위해 망명길에 오르고 7년여 동안 정계를 떠날 수밖에 없었다. 나라를 구한 충신이 역적이 되었다.

키케로는 국가 비상사태 시기에 행한 정당한 행위라고 여겼겠지만, 국가 전복 위기를 넘긴 시민들은 마음이 변했다. 그들은 모반자일지라도 자유 시민들이 언제든지 재판 없이 처형되는 상황은 정의롭지 못하다는 클로디우스의 뒤늦은 주장에 더 동조한 것 같다.

시민의 자유와 생명, 재산, 국가의 부를 안전하게 지키고자 했던 키케로는 공화정의 수호자임에 틀림없었다. 그런데 헌정을 수호할 숭고한 목적에서라도 자유 시민의 생사여탈은 절차적 정당성이 요구된다는 클로디우스의 주장 역시 가볍지 않았다.

평소 사려 깊은 키케로가 시민들의 칭송에 잠시 들뜬 나머지 저지른 과오는 훗날 평소 그를 눈엣가시로 여기던 반대파 세력에게 포착되어 그를 해치는 부메랑이 된 것이다. 국가의 격변기에는 과오를 저지른 사람들과 이를 규탄하고 징벌하려는 사람들의 대립과 충돌이 있게 마련이다. 정치가들은 어떤 경우에라도 대중의 함성과 격분에 휘둘리기보다 헌법과 법률에 따른 질서 있는 행동을 취해야 한다. 민주공화국을 지키는 모든 행동에 헌법이 우선한다.

추천 고전

- 키케로, 《설득의 정치》, 김남우 외 옮김, 민음사(2015).

키케로가 원로원 회의장 중앙에서 반역을 꾀하는 카틸리나를 향해 탄핵 연설하는 가운데, 오른쪽 구석에서 카틸리나가 침통한 모습으로 이를 듣고 있다. 〈카틸리나를 탄핵하는 키케로〉. 체사레 마카리(Cesare Maccari, 1840~1919) 1889년 작. 로마 마다마궁 박물관.
출처 : https://commons.wikimedia.org/wiki/File:Maccari-Cicero.jpg

개헌, 승자 독식을 타파하라

지지에 비례한 권력 분배가 정의롭다.

'아름다운 나라(kallipolis)'는 '최선의 나라'다. 하지만 이런 나라는 참된 의미의 '철인(哲人) 통치자'가 절대적 권력을 확보했을 때나 기대할 수 있다. 혹 있다 해도 절대 권력에서 절대 부패하지 않을 현인이 가능한 일인가?

'최선의 나라'는 현실적으로 존재하기 어렵다. 플라톤(BC 427~347)이 마지막 역저 《법률(Nomoi)》에서 현실에서 구현될 수 있는 '차선의 나라'의 헌법을 설계한 배경이다.

그는 '차선의 나라'가 갖추어야 할 헌정 질서로 여러 가지를 제기했다. 특히 플라톤은 승자 독식의 문제를 최초로 간파했다. "지배권과 관련된 관직들이 다툼거리들로 되었을 경우 승자들은 나라의 일들을 아주 독차지해 버림으로써 패자들에게는, 당사자에게도 그 자손들에게도 그 어떤 관직도 나누어 주지 않게 되어 서로 감시하면서 삽니다." 패자들에게 관직을 주게 될 경우 그들이 이전의 나쁜 일들을 기억해내 반란을 일으킬 것을 우려하기 때문이라는 것이다.

플라톤은 승자 독식을 야기하는 법률은 나라의 체제도 아니고 나라 전체의 공동체를 위해 제정된 '바른 법률'이 아니라고 비판한다. "법률이 일부의 사람들을 위한 것일 경우에, 이 사람들을 우리는 도당(stasiotai)이라 말하지 시민들(politai)이라 말하지 않는다"는 것이다.

승자 집단에 속한 사람들이 권력을 독점하는 경우 이들은 동등한 시민들의 관계를 해친다. 또 그들이 정의를 말하여도 공연한 말에 불과하게 된다.

승자 독식은 진정한 바른 법률의 지배를 가로막는다. 법률에 대한 봉사자여야 할 통치자들이 법 위에 군림하여 헌정 참여자들에게 고루 배분되어야 할 권한을 독점하기 때문이다. 나라의 주요 관직들을 어떻게 부여하는 것이 올바른 방법일까.

플라톤은 승자가 관직을 독식하지 않고, 승리를 거둔 사람들의 승리 수준의 비례에 따라 으뜸과 버금 그리고 그 다음의 관직들을 차례대로 부여하는 것이 옳다고 보았다. 그럴 경우 패자에게 작은 기회라도 돌아갈 것이다. 여기서 관직을 수여받는 모든 사람들이 수용해야 할 대원칙은 "법이 통치자들의 주인이고, 통치자들은 법의 종들"이어야 한다는 점이다. 국회 역시 헌법을 초월하는 권능을 행사할 수 없다는 의미다.

우리는 권력 집중의 폐해와 바른 법률의 지배를 일탈한 예를 반복적으로 겪어 왔다. 사람과 운용도 중요하다. 하지만 최소한 '차선의 나라'를 구현하기 위한 헌법 개정이 절실한 때다. 문제의 핵심은 승자 독식의 타파다. 대통령 4년 중임제는 자칫 패자의 불복과 발목잡기에 시달리는 4년 단임의 연속이거나 승자 독식의 8년 연장이 될 수도 있다. 제왕적 대통령제와 승자 독식 구조를 타파하라. 눈앞의 권력 유혹을 버리고 백년대계의 헌정 질서를 세우길 바란다.

추천 고전

- 플라톤, 《법률》, 천병희 옮김, 숲(2016).
- 플라톤, 《법률》, 박종현 옮김, 서광사(2009).

아테네 학술원 앞에 있는 플라톤의 대리석 좌상이다.

개헌, 스파르타 헌법을 배워라

견제와 균형의 원리를 제도화해야 한다.

권력이 있는 곳에 부패가 따른다. 통치자의 권력을 등에 업고 호가호위(狐假虎威)하며 사욕을 채운 소인배들의 역사상 예는 수없이 많다. 이 악폐는 인간의 선의에만 기대서는 끊을 수 없다. 제도 혁신이 따라야 한다. 차제에 개헌을 통해 올바른 헌법 질서를 세우자. 권력 집중을 막고 견제와 균형의 질서를 정립하여 강소국을 실현했던 스파르타의 헌법을 배우라.

수만 명에 불과한 시민을 가진 스파르타는 강력한 정치적 안정 덕분에 그리스 최강의 군사국가로 명성을 떨칠 수 있었다. 그 굳건한 토대는 전설적인 인물인 입법자 리쿠르고스가 기원전 8세기경 만든 헌법체제(Rhetra)였다. 아테네의 장군 크세노폰(BC 430?~355?)이 쓴 《라케다이몬 정체(政體)》와 플루타르코스(46?~120?)가 쓴 《영웅전》은 스파르타의 권력 구조의 특징을 잘 전하고 있다.

스파르타 정체의 힘은 이중삼중으로 설계된 견제와 균형의 질서에서 나온다. 우선 스파르타는 두 명의 왕을 두었다. 세상에 한 하늘에 태양이 둘이라니! 전시에 한 명의 왕은 반드시 군대의 최고 사령관으로 최전선에 나섰고, 남은 한 명은 내치를 맡았다. 평시에는 두 명의 왕이 협의하여 국정을 수행했다.

그럼에도 스파르타는 순수한 왕정국가는 아니었다. 30세 이상의 시민으로 구성된 민회(Apela)와 60세 이상의 원로 28명으로 구성된 원로원(Gerousia), 5명의 행정 감독관(Ephoroi)에게 통치 권력을 고루 분산한 혼합정체였다. 왕정과 민주정, 과두정의 단점을 극복하고자 창안한 근대의 입헌군주정과 유사한 제도다.

플라톤(BC 427~347)은 《법률》에서 스파르타의 게루시아를 "왕이 가진 전제성을 완화하고 공화국에 안녕과 평화를 유지시키는 역할을 한다"고 평가했다. 원로원은 "항상 중간에 서서 왕권을 침해하려는 저항 세력이 생기면 왕의 편이 되어주고, 한편으로는 왕권이 지나치게 확대되는 것을 견제하기 위해 민주정을 강화했다." 그러나 "만약 민중이 잘못된 안건에 찬성할 경우, 왕과 원로원은 이 결정을 취소할 수 있는 권한"을 가졌다.

특히 모든 행정을 집행했던 에포로이의 영향은 막강했다. 선전포고와 평화협정의 결정까지 이들이 좌우했다. 왕은 외교와 국방의 국사에서도 에포로이의 감독과 권고를 따라야 했다. 스파르타 헌법은 왕권이 독재로 흐르는 것을 민회와 직선된 에포로이를 통해 견제하고, 시민들이 우중정치로 흐를 때 원로원이 균형을 잡도록 했던 것이다. 민중의 폭주로 망한 아테네를 타산지석으로 삼은 로마인들이 스파르타의 헌법을 취한 배경이다. 로마 공화정은 두 명의 집정관, 원로원, 민회를 두어 견제와 균형의 원리를 구현했다. 반복되는 권력 집중의 폐해로 고통 받는 우리가 개헌의 모델로 참고할 만하다.

추천 고전

- 플루타르코스, 《영웅전》, 천병희 옮김, 숲(2010).
- 플라톤, 《법률》, 박종현 옮김, 서광사(2009).
- 아리스토텔레스·크세노폰 외, 《고대 그리스정치사 사료》, 최자영·최혜영 옮김, 신서원(2002).

고대 스파르타 아크로폴리스 안에 있던 원형극장의 유적이다. 앞쪽 평지에 올리브 나무가 가득하고, 그 뒤로 현대 스파르타 시내가 보인다. 멀리 보이는 흰 눈 쌓인 산봉우리가 연이은 곳이 타이게토스 산이다. 산맥을 넘으면 스파르타가 수백 년 동안 식민지로 지배하면서 그곳 주민들을 230여 년 간 농노(헤일로타이)로 부렸던 비운의 도시 메세니아가 자리하고 있다.

외교 실패가 뿌린 적대의 씨앗

신뢰가 무너지면 혈맹도 깨진다.

국가 안보가 위기에 처했을 때 동맹국의 흔쾌한 협력을 이끌어내는 것만큼 중요한 일은 없다. 동맹국과의 외교에서 상호 존중과 신뢰를 가꾸어야 하는 이유다. 플루타르코스(46?~120?)의 《영웅전》은 이런 철칙에서 벗어난 그릇된 외교로 인해 동맹국에게서 증오를 받고 급기야 전쟁의 씨앗을 뿌린 사례를 전한다.

때는 기원전 462년이다. 스파르타에 엄청난 지진이 일어났다. 땅이 갈라지고 타이게토스 산의 바윗돌이 굴러 떨어지는 강진이었다. 온 시민들이 인명과 재물을 구하느라 아수라장이 되자, 스파르타의 지배를 받던 메세니아의 농노인 헤일로타이(heilotai)들이 반란을 일으켜 스파르타를 공격했다.

반란군의 힘이 거세져 자신들의 군대만으로는 진압할 수 없게 되자, 스파르타는 인근 펠로폰네소스 동맹국뿐만 아니라 멀리 있는 아테네에까지 지원군을 요청했다. 기원전 481년 페르시아에 대항하기 위해 체결한 '그리스 동맹'이 그 근거였다.

스파르타의 구원 요청을 받은 아테네는 파병 여부를 둘러싸고 의견이 갈렸다. 하지만 평소 스파르타의 강건한 기풍과 검약의 풍습을 자주 칭찬할 만큼 스파르타에 우호적이었던 아테네 최고의 장군 키몬(BC 510?~449)의 강력한 호소에 설득되어 아테네는 중무장 보병 4천 명을 파병했다.

스파르타인들은 막상 키몬이 통솔하는 "용맹스럽고 질서 정연한 아테네 군을 보자 그만 겁을 집어먹었다." 혹 자유민으로 구성된 아테네 군이 스파르타가 노예로 삼은 헤일로타이들이 같은 그리스인이라는 사실에 충격을 받을까 두려웠는지도 모른다. 그리스 국가들은 그리스인을 노예로 삼지 않는 것이 불문율이었으니. 또 아테네인들의 자유로운 기풍이 헤일로타이들에게 자유의 열망을 더 부추길 수 있다고 우려했는지도 모른다.

아무튼 무슨 이유였는지 스파르타인들은 자세한 해명도 없이 아테네 군이 정변을 일으키려 한다는 누명을 씌워 그들이 성에 들어오지 못하게 가로막았다. 이는 외교 관례에 어긋난 파렴치한 행위였다. 스파르타인들이 원군을 불러놓고 나서 터무니없는 이유로 도로 쫓아내자 아테네인들은 그들을 증오하게 되었다. 이에 분노한 아테네 민중에 의해 키몬은 10년간 도편 추방까지 당했다. 페르시아를 물리친 혈맹이던 양국은 이 일로 신뢰가 깨졌고 적대적이 되었다. 훗날 펠로폰네소스 전쟁(BC 431~404)에서 맞싸우게 만든 씨앗인지도 모른다.

핵무기 개발로 한반도를 전쟁 위기로 몰아가는 북한에 대적하고 자유통일을 이루는 도정에 한·미 공조만큼 중요한 일은 없다. 미국 조야의 견제의 목소리는 우리 정부의 섣부른 대북 유화 정책을 경계하는 신호다. 혈맹의 신뢰를 잃지 않는 신중한 외교가 필요하다. 신뢰를 저버린 스파르타의 외교적 실패를 거울삼을 일이다.

추천 고전

- 플루타르코스, 《플루타르코스 영웅전 Ⅰ》, 홍사중 옮김, 동서문화사(2007).

고대 메세니아의 경기장을 둘러싼 열주들의 모습이다. 그 뒤로 보이는 험한 바위산이 메세니아가 스파르타에 반란을 일으킨 후 10년 간 농성하며 저항하던 이토메산이다. 메세니아인들은 230여 년 간 스파르타의 식민 지배를 받으며 농노(헤일로타이)로 수탈을 당했다. 테베의 영웅 에파미논다스는 레우크트라 전투(BC 371)에서 스파르타를 격파하고 이듬해 펠로폰네소스 원정에 나서 메세니아를 해방시켰다.

300인 참주를 폐하라

견제 받지 않는 선출직이 문제다.

19대 대통령 선거를 앞두고 헌법 개정 논의가 한창이다. '제왕적 대통령'의 권력 집중의 폐해를 시정하자는 취지에서다. 3당 합의 개헌안은 대통령 임기는 4년으로 하되 차기 대통령에 한해 임기를 3년으로 단축하고, 중임 제한 조항을 삭제해 차기 대통령부터 최장 11년까지 임기를 연장할 수 있도록 했다. 국민이 직접 뽑는 대통령은 국가원수로서 외교와 국방·통일을 담당하고, 나머지 행정권은 국회에서 선출하는 국무총리가 통할하는 '이원집정부제', 또는 '분권형 대통령제' 개헌안이다.

그런데 지금의 논의들은 문제의 본질을 외면하고 있다. 처방도 틀렸다. 우리 정치의 적대적 대립과 갈등이 대통령에게 권한이 집중되어 있기 때문에 기인하는 것일까? 표면적으로는 그렇다. 하지만 실제로 권력이 집중된 '제왕적 국회'가 더 문제다. 대통령은 인사권을 행사할 뿐, 임명한 관료를 통해 구현하고자 하는 국정과제는 국회의 입법권과 예산심의권에 절대적으로 제약받는다. 또 이번 대통령 탄핵 사태에서 보듯 폭넓은 자율성을 인정받는 국회의 결의는 탄핵을 사실상 결정해버리는 권능을 발휘하고 있다. 국회의원 300인이 아리스토텔레스(BC 384~322)가 우려한대로 '다수로 구성된 독재'의 권력을 행사하는 참주와 같은 형국이기 때문이다.

한국의 단원제 국회는 견제 장치 없이 민중에게 휘둘리는 아테네 민회와 흡사하다. 이러한 권력 지형 아래의 이원집정부제 개헌은 내치를 전담할 각료들을 연정의 명분 아래 정파의 야합에 따라 분배하게 만든다. 자연히 역량과 자질이 부족한 국회의원들에 의한 권력 독식과 국정 표류가 제도화된다. 또 여전히 대통령과 국회가 충돌할 때 이를 해소할 완충장치도 없다.

우리는 로마 공화정의 성공에서 배워야 한다. 폴리비오스(BC 205?~125?)는 《역사(Historiai)》에서 로마가 아테네 민주정을 따르지 않고 스파르타 정체를 모방하여 공화정을 만들어낸 독창성과 위대함을 찬양했다. 로마공화정은 철저하게 제 세력 간에 평등과 균형, 상호 견제의 원리가 구현되도록 설계되었다.

두 명의 집정관은 서로 견제하면서 행정권 집행에서 절대적 권력을 갖는다. 최고사령관으로서 군통수권도 행사한다. 전쟁 시에는 이 모든 권력을 한시적으로 한 명의 독재관에게 몰아준다. 마치 왕정과 같다. 그러나 국고 관리권은 원로원에 있다. 어떤 재정지출도 원로원의 동의가 필요하다. 또 반역, 음모, 각종 중범죄의 처리와 동맹국과의 외교도 원로원의 몫이다. 전쟁 선포와 외국 대사의 접견까지 도맡는다. 이런 면을 보면 귀족정이다.

하지만 법률 제정과 폐지, 시민과 공직자에게 영예를 수여하고 생사달린 재판의 주관과 선고의 비준, 동맹이나 적대 행위의 중지나 조약을 비준하는 권력은 평민들이 참여하는 민회에 맡겨졌다. 이는 민주정의 모습이다.

로마공화정은 이 세 정체의 특장을 살린 혼합정이다. 요즘으로 치면 집정관은 대통령, 원로원은 상원, 민회는 하원과 유사하다. 세 힘이 존재함으로 해서 어느 누구도 독단적 권력을 발휘할 수 없었고 상호 의존성을 높여 협치를 가능하게 만들었다. 로마공화정은 집단 간에 서로를 두려워하면서도 필요로 하는 관계로 만든 효과적인 통치구조였다. 그러나 우리의 통치 집단에는 '견제와 균형의 원리'가 작동되지 않고 오로지 '승자 독식의 원리'만 지배한다.

국가 백년대계를 위한 개헌의 초점은 국회에 맞춰야 한다. 국회에 내치의 조각권을 주고 대통령에게 국회해산권을 부여하는 것은 이원집정부제의 필수 조건이다. 또 단원제 국회의 폭주를 막기 위해 지역의 인구비례에 의해 선출되는 하원과 권역과 계층의 이해를 대변할 상원을 두어 서로 견제하게 해야 한다. 정당의 사천(私薦)으로 타락한 비례대표 제도는 응당 폐지해야 한다. 상·하원의 임기는 각각 2년으로 하되 선진국의 예를 참조하면 하원은 100명, 상원은 50명 정도면

충분하다. 회기 중 불체포특권 등 국회의원의 과도한 특권들은 폐지해야 마땅하다. 300인 참주를 폐하라. 개혁 대상에게 개혁의 권력이 주어져 있는 현실이 암담할 뿐이다.

추천 고전

- 아리스토텔레스, 《정치학》, 천병희 옮김, 숲(2009).
- M.I 핀리 엮음, 《그리스의 역사가들》, 이용찬·김쾌상 옮김, 대원사(2009).

로마의 정치, 경제의 중심지 역할을 하던'로마인의 광장'포로 로마노(Foro Romano)의 한 유적 건물 기둥머리에 글씨가 새겨져 있다. SPQR은 라틴어 Senatus PopulusQue Romanus의 약자로,'로마의 원로원과 인민'을 뜻하며, 곧 로마 공화정 정부를 일컫는 말이었다. SPQR은 당시 각종 국가 비문, 건축물, 군대 군단기 등에 널리 쓰였다. 오늘날에도 로마시의 표장으로 그대로 쓰이고 있다.

자유와 번영은 공짜가 없다

평화를 지키려면 전쟁에 대비하라.

나라의 융성은 국가의 안전보장(security), 즉 안보의 토대 위에서만 촉진된다. 정치경제와 사회문화의 모든 성취와 향유는 국가의 방위가 무너지는 순간에 허망하게 주저앉는다. 이를 증명해주는 동서양의 인류 역사는 차고 넘친다. 태평한 시대에 안보를 튼튼히 구축한 나라는 번영했고 그렇지 못한 나라는 소멸했다. 북한 핵 위협이 날로 심각해지고 있고 열강의 군사력 대결이 가중되고 있는 우리의 현실에서 대한민국의 생존을 위한 방비를 고민해야 할 때다. 고대 아테네의 역사에서 그 교훈을 찾고자 하는 이유다.

제3차 페르시아 전쟁(BC 480) 이전까지만 해도 그리스에서 가장 강한 도시국가는 스파르타였다. 하지만 아테네는 마라톤 전투(BC 490)

에서 페르시아 육군을 물리친 데 이어 살라미스 해전(BC 480)에서 페르시아 대 함대를 격멸하고 나서 해상강국으로 급부상했다.

그 토대를 닦은 영웅은 테미스토클레스(BC 528?~462)였다. 그는 200여척의 군선을 미리 건조하여 해군을 육성했다. 아테네의 미래가 해양대국을 건설하는 데 달려있다고 본 그의 선견지명, 즉 '프로노이아(pronoia)'가 빛난다. 그는 아테네 해군을 단기간에 그리스 최강의 전력으로 끌어올렸고, 그 힘을 이용하여 에게 해의 해상패권을 장악했다.

그런데 육지에서는 무적의 중무장보병을 가진 스파르타의 상대가 되지 못했다. 이 비대칭 전력을 어떻게 극복할 것인가? 테미스토클레스는 아테네의 강점을 살리고 약점을 보강하는 방책을 창안했다. 페이라이에우스를 해군 군항으로 개발하고 아테네와 연결하는 장성(長城)을 세워 보호하자! 그러면 스파르타의 기병과 보병을 방어하고, 아테네 해군의 바다 진출입은 자유롭게 할 수 있을 터다.

성벽 축조는 아테네 방어에 절대적으로 필요했다. 그러나 8km의 거리에 충분한 공간을 만들고 장성으로 잇는 일은 쉬운 일이 아니었다. 더구나 페르시아를 물리친 마당에 아테네가 장성을 쌓는다면 스파르타의 의심을 받을 게 뻔했다. 한마디로 '고양이 목에 방울달기.' 아테네인들이 성벽을 쌓으려는 기미를 보이자 스파르타는 즉각 사절단을 보내 성벽을 쌓지 말라고 강력하게 요구했다.

테미스토클레스는 비책을 냈다. 그는 남녀노소가 모두 협조하여 사력을 다해 성벽을 쌓으라고 시민들을 설득한 후 직접 스파르타로 협상하러 떠났다. 그는 스파르타에 머물며 민회 출두를 차일피일 미루며 시간을 끌었다. 그 사이 스파르타는 아테네가 성벽을 쌓는다는 소문을 확인하기 위해 사절단을 파견했다. 테미스토클레스는 아테네로 몰래 밀사를 보내 성벽을 충분히 요새화할 때까지 그들을 억류하라고 일렀다.

그는 아테네 성벽이 완성되었다는 전갈을 듣고 자신의 기만술이 성공했음을 확신했다. 비로소 그는 스파르타 민회에 출두하여 성벽 구축은 아테네인들의 결단에 의해 이루어진 정당한 행위라고 선언했다. 스파르타와 "대등한 군사력을 갖지 않고서는 공동의 이익을 위한 논의에서 대등한 발언권을 가질 수 없기 때문에" 장벽을 축조했다는 것이다. 스파르타는 속은 것에 분개했지만 그를 논박하지 못했다. 이 긴박했던 사건을 투키디데스(BC 460?~400?)는 《펠로폰네소스 전쟁사》에서 상당한 분량으로 전하고 있다.

그 후 장벽은 든든한 '전쟁 억제력'으로 작용하여 50여 년의 아테네 황금기를 여는 초석이 되었다. 또 아테네가 스파르타와 펠로폰네소스 전쟁(BC 431~404)을 치를 때 효과적인 최후의 방어벽으로 활용되었다.

우리는 자유통일 대한민국의 황금기를 열기 위해 무엇을 준비할 것인가. 사드(THAAD)는 북한 핵과 미사일 공격으로부터 국민의 재산과 생명을 보호하기 위한 필수적인 방어수단이다. 북한과 중국의 어떤 압박과 공작에도 굴복해선 안 되는 이유는 우리의 생존이 걸린 문제이기 때문이다. 중국의 사드 배치 반대에 맞장구치는 굴욕외교나 사드 배치 철회 주장은 국론을 분열시키는 이적행위다.

아테네 시민들이 스파르타의 압력에 굴하지 않고 장벽을 축조했던 그 결기와 지혜를 반추해 보았으면 한다. 자유와 번영은 공짜가 없다. 더구나 안보는 대체재가 없다.

추천 고전

• 투퀴디데스, 《펠로폰네소스 전쟁사》, 천병희 옮김, 숲(2011).

테미스토클레스 흉상. 이탈리아 오스티아 고고학 박물관.

지역주의 완화의 착시

지역 몰표를 고착화한 선거구제를 혁파해야 한다.

역대 선거에서 나타난 가장 심각한 고질병은 영·호남 지역주의다. 그런데 이번 19대 대통령선거에서 지역주의에 기초한 몰표 현상이 크게 완화되었다는 긍정적 평가들이 나온다. 특정 후보에게 표가 몰리지 않았다는 것을 그 근거로 들면서. 하지만 이는 잘못된 착시다. 투표 결과의 심층을 들여다보면 지역주의가 전혀 완화되지 않았다. 오히려 악화되었다. 이 불편한 진실을 직시하는 게 정치 개혁을 위한 출발이다.

물론 특정인에게 표가 몰리지는 않았다. 호남 지역에서 최다득표자인 문재인 후보는 광주·전남·전북에서 각각 61.1%, 59.9%, 64.8%를 얻었고, 영남 지역에서 홍준표 후보는 대구·경북·경남에서 각각

45.4%, 48.6%, 37.2%로 최다득표를 했지만, 부산·울산에선 32.0%, 27.5%로 2위 득표에 그쳤다. 영남 지역에서 몰표 현상이 완화되어가는 추세는 분명하지만 호남 지역은 여전히 요지부동이다.

18대 대선 득표비율과 비교해 보자. 당시 문재인 후보는 광주·전남·전북에서 91.97%, 89.28%, 86.25%의 몰표를 얻었다. 반면에 박근혜 후보는 7.76%, 10.0%, 13.22%를 얻는데 그쳤다. 이번 대선 결과와 비교해 볼 때 특정인의 최다득표율이 90%대에서 60%대로 떨어졌으니 몰표 현상이 완화된 것으로 보는 것도 자연스럽다. 특히 2위 득표자가 10~30%까지 득표한 것을 보면.

그러나 이 표면적 결과를 지역주의 완화로 확대 해석하는 것은 분명한 오류다. 18대 대선은 보수와 진보 후보의 양자 대결 구도였고, 이번은 보수와 진보 정당의 분열로 다자 구도로 치러졌기 때문이다. 큰 틀에서 볼 때 영·호남이 지역주의 표심의 시험대라는 현실은 조금도 달라지지 않았다.

보수와 진보 성향 정당후보자 전체의 득표를 비교해 보라. 문재인·안철수·심상정 후보가 총득표한 비율은 광주·전남·전북에서 95.8%, 94.6%, 93.5%에 이른다. 반면에 홍준표·유승민 후보의 합산 득표율은 3.8%, 4.6%, 5.9%로 왜소해졌다. 그렇다면 최소한 호남 지역의 19대 대선 결과는 18대 대선에 비해 지역주의 몰표 현상이 오히려 심화된 것으로 봐야 하지 않을까. 물론 탄핵사태를 불러온 박근혜 정부 심판과 정권교체의 열망이 투영된 결과일 터다.

이제 지역주의 투표 행태의 근원적 원인과 처방에 대해 고민해야 할 때다. 기원전 6세기 초 고대 아테네에서도 지역당의 대립을 완화하기 위한 정치개혁이 있었다. 클레이스테네스는 해안당, 평야당, 산악당으로 분열되어 대립하던 정치 지형을 일거에 허무는 대혁신을 주도했다. 아리스토텔레스(BC 384~322)는 《아테네 정치제도사》에서 클레이스테네스의 창의적 민주 제도 개혁을 전하고 있다.

클레이스테네스는 귀족의 기득권을 약화시키기 위해 기존의 4개 부족 체제를 교묘하게 해체시켰다. 그 수단은 지역구, 즉 데모이(demoi) 개편이었다. 그는 아테네의 도시·해안·내륙 지역을 각각 10개의 구역으로 나누어 총 30개의 구역, 즉 트리티스(trittyes)를 만들고, 그 밑에 150~170개의 작은 구역 데모스(demos)를 두었다. 그런 후에 세 지역에서 각각 1개씩 트리티스를 뽑아내 인위적인 10개의 부족, 즉 필라이(phylai)를 만들었다.

이는 혈연적 의미의 부족이 아니라 다른 지역구 사람들을 하나로 묶은 행정적 집단이었다. 이 10개의 부족에서 50명씩 추첨하여 500인 평의회를 만들고, 장군도 뽑고, 민병대도 구성하도록 했다. 자연히 다른 지역 사람들과의 갈등을 줄이고 일체감을 높일 수 있었다. 이로써 데모크라티아(democratia)는 획기적으로 발전했다.

영·호남의 지역주의도 근본적으로 해체할 방법은 없을까. 클레이스테네스의 발상처럼 영·호남을 결합하여 새로운 지역구 개념을 만들어내는 건 불가능한 일일까. 지역주의에 편승하는 양당 패권 정치를 타파하라. 정치권은 정당 제도와 선거구제 개편 등 지역주의를 완화시킬 획기적인 방안을 개헌안으로 내놓기 바란다.

아테네의 아고라 남서쪽에 있던 평의회 건물 톨로스 유적지이다. 이 곳에 큰 원형 건물이 있었고, 10개의 부족에서 뽑힌 500인 평의회가 순번제로 공무를 보았다. 평의회 또는 협의회로 불리는 이 기구는 상설위원회 성격을 띠었고, 민회에 상정할 안건을 사전 심의·선별하고, 민회 개최 여부 결정과 민회에서 결정된 사항을 집행하는 기능을 수행했다.

추천 고전

- 아리스토텔레스·크세노폰 외, 《고대 그리스정치사 사료》, 최자영·최혜영 옮김, 신서원(2002).

클레이스테네스의 선구적 민주주의 개혁을 기리기 위해 '클레이스테네스 프로젝트 위원회'가 2002년 구성되어 흉상 제작을 추진하였다. 위원회는 클레이스테네스 흉상을 미국 독립선언서를 기초하여 미국 민주주의를 상징하는 인물 가운데 한 사람인 제3대 대통령 토머스 제퍼슨 흉상과 함께 2004년 미국 상원 회의장에 설치하였다. 〈클레이스테네스 흉상〉. 안나 크리스토포리디스(Anna Christoforidis) 2004년 작. 미국 상원.
출처: https://commons.wikimedia.org/wiki/File:Cleisthenes.jpg

아테네 10부족의 영웅 조각상이 아고라 서편에 세워졌다. 클레이스테네스의 개혁에 따라 인위적으로 생겨난 10부족의 결속력과 애국심을 고취시키기 위해 각 부족이 낳은 최고 영웅의 조각상을 세워 이들의 업적을 선양했다. 이 영웅 조각상 아래 아테네의 중요한 법령, 포고문 등을 게시하여 아고라에 온 시민들이 필수적으로 찾아오게 만들었다.

굴욕적 외교 의전의 숨은 뜻은?

메시지가 담기지 않는 의전과 관습은 없다.

동서고금을 막론하고 모든 의전(儀典)은 그 시대와 나라의 사회문화적 관습과 상징을 드러내기 마련이다. 따라서 서로 다른 사회 사람들 사이의 상이한 의례는 갈등과 오해를 불러일으키기 십상이다. 상대의 사회문화에 대한 이해와 공감을 바탕으로 사전에 합의가 필요한 이유다.

구성원 간에 온전하게 합의되지 않은 의전의 요구는 불신과 대립을 낳고 심각한 파국을 초래하는 경우까지 있다. 로마의 역사가 아리아노스(95~175)가 쓴 《알렉산드로스 원정기》에는 알렉산드로스(BC 356~323)가 부하들에게 요구한 색다른 궁중 의례가 친구의 목숨을 앗는 참극을 만든 예가 실렸다.

알렉산드로스는 동방원정에 나서 페르시아를 완전히 정복하고 지금의 아프가니스탄 지역인 박트리아까지 굴복시켰다. 알렉산드로스는 거대한 제국 페르시아를 무너뜨린 후 그리스 민족과 페르시아 민족 간의 융합정책을 펼쳤다. 그는 페르시아 복식과 음식 문화를 차용하고 그리스 장졸과 페르시아 및 박트리아 처녀들 간의 결혼을 거국적으로 추진했다. 알렉산드로스는 박트리아 공주와 결혼함으로써 몸소 모범을 보였고, 합동결혼식을 성대하게 거행하는 등 결혼 장려를 통한 민족 동화정책을 추구했다.

자연히 이에 대한 반발도 거세졌다. 마케도니아 인들이 중심이 된 그리스 장졸들은 페르시아 문화의 지나친 존중 때문에 그리스인들의 정체성이 훼손된다고 불만을 가졌다. 그런 상황에서 알렉산드로스는 부하들이 자신을 만날 때 페르시아 식의 궁중 배알 의례를 할 것을 요구했다. 즉 무릎을 꿇고 머리를 조아려 절을 하는 궤배례 풍습을 따르게 했던 것이다.

이는 심각한 갈등을 야기했다. 누구보다도 자유를 사랑하는 그리스인들은 왕에게도 절대 무릎을 꿇지 않았고, 동등한 입장에서 서서 뺨 인사를 하는 관습을 따르고 있었다. 이러한 그리스인들에게 궤배례는 왕과 다스림을 받는 피지배자인 신민(臣民) 사이에나 존재하는 야만적인 풍습으로 치부되었다. 알렉산드로스의 영웅적 원정 활동을 역사로 남기기 위해 참전했던 아리스토텔레스의 제자 칼리스테네스는 술자리에서 궤배례를 강력히 비판하면서 이를 따를 수 없다고 반발했다.

그는 "인간에게 과도하고 터무니없는 경의를 표하여 그 사람이 실제보다 더 훌륭해 보이도록 해서는 안 된다"며 이방인의 야만적 풍습을 자유민인 그리스인에게 강요해서는 안 된다고 비판했다. 궤배례를 굴종의 상징으로 여겼기 때문일 것이다. 그의 주장에 알렉산드로스는 분개했지만 많은 마케도니아 장졸들은 크게 공감했다. 그러나 알렉산드로스의 눈치를 살핀 몇몇 장군들이 술을 돌리며 궤배례를 하자 많은 이들이 따라했다. 이에 동조하지 않은 칼리스테네스는 미운 털이 박혔는지 얼마 후 반역 음모에 가담했다는 혐의를 쓰고 죽임을 당했다.

이 사례는 상이한 가치관과 관습을 지닌 사람들이 색다른 의전을 접하며 겪은 문화적 충격과 갈등을 잘 보여준다. 물론 알렉산드로스의 오만과 과시욕, 아무리 옳은 지적이라도 신중하지 못했던 칼리스테네스의 무례한 태도 등이 복합적으로 겹쳐 발생한 비극적 사건이었다. 그러나 적절하지 못한 의전과 의례가 사람들의 자존감과 정체성을 크게 훼손할 수 있음을 뚜렷하게 보여주는 사건이기도 하다.

우리는 정부의 4강 외교에 나선 특사들이 겪은 굴욕적 의전의 사례도 똑똑히 기억한다. 한 국가의 원수인 대통령의 뜻을 전달하는 특사는 국빈에 준하는 예우를 받는 게 국제관례다. 그러나 중국의 시진핑 주석은 우리 특사를 자기 부하를 다루듯 하석에 배치한 채 대담했고, 일본의 아베 총리는 특사보다 명백하게 우월함을 과시하는 좌석에 앉아 응대했다. 미국의 트럼프 역시 자신은 앉은 채 특사를 세워놓고 홀대하기도 했다.

이러한 무례한 의전은 접견의 형식과 내용을 미리 점검하고 조율하지 못한 외교 실무 능력의 부재 차원을 넘는다. 대등한 독립국가의 특사를 맞이한 그들의 오만한 의전은 우리 외교 정책 지향에 대한 불만과 경고의 우회적 표현은 아닐까. 홀대와 굴욕을 당하게 된 원인을 혹 우리가 제공하지는 않았는지 되짚어볼 일이다.

추천 고전

• 아리아노스, 《알렉산드로스 원정기》, 박우정 옮김, 글항아리(2017).

알렉산드로스와 페르시아 대왕 다리우스 3세의 전투 장면을 모자이크화한 작품을 복원한 그림이다. 원래의 모자이크화는 BC 1세기경 제작되었고 폼페이에서 발굴되었다. 나폴리 국립 고고학 박물관 소장.
그림의 전투는 이수스 또는 가우가멜라 전투로 추정된다. 왼쪽 투구를 쓰지 않은 이가 알렉산드로스이고, 오른쪽 전차를 탄 이가 다리우스 3세이다.
알렉산드로스는 압도적인 전력으로 페르시아 군을 격파하고 페르세폴리스의 왕궁을 파괴하고 불태웠다. 하지만 그는 페르시아를 완전히 정복한 이후에는 그들의 복식과 의례를 많이 받아들이는 등 민족 융합정책을 썼다. 그 과정에서 그리스인들의 정체성에 위기를 느낀 부하들과 갈등을 빚었다.

누가 국가의 최고 권력자인가

국민의 총의로 만든 법률이 지배하는 나라가 좋은 국가다.

아리스토텔레스(BC 384~322)는 국가의 목적은 행복하고 훌륭한 삶을 제공하는 것이라고 말했다. 그는 좋은 국가를 만들기 위해서는 '좋은 질서(eunomia)'를 추구하는 사람들이 많아야 된다고 보았다. 나아가 공동체를 이끄는 국가 권력이 올바르게 배분되고 올바른 최고 권력자에 의해 집행돼야 한다고 여겼다.

아리스토텔레스는 《정치학(politika)》에서 '누가 국가의 최고 권력을 가져야 하는지'를 궁구했다. 민중인가, 가장 훌륭한 현인인가, 부자들인가, 아니면 참주인가? 그는 소수의 훌륭한 자들보다 민중이 최고 권력을 가져야 한다는 견해가 일리는 있다고 생각했다. 민중은 한 명 한 명은 훌륭한 사람이 아니지만, 여러 사람이 이해한 것들을 합치면 전체로서 나름대로 전문가 못지않은 판단을 가질 수도 있기 때문이라는 것이다.

그럼에도 민중이 훌륭한 소수자를 언제나 능가할 수 있을지 아리스토텔레스는 확신하지 못했다. "몇몇 민중은 사실상 들짐승과 무슨 차이가 있단 말인가?" 그는 불의(adikon)에 쉽게 휩쓸리는 우중의 야만적 속성을 경계한 것이리라. 그래서 그는 민중에게 국가의 최고 권력을 부여하는 것은 위험하다고 보았다. 아테네 정체가 민중에게 민회의 심의나 재판의 배심원이 되도록 하되 국가의 재무관이나 장군, 최고 법정인 아레오파고스(Areopagos)의 최고위 공직을 개방하지 않은 것도 이와 무관치 않다.

그럼 누가 국가의 최고 권력자인가? 아리스토텔레스는 노모스(nomos)가 최고 권력을 가져야 한다고 말한다. 민중도, 탁월한 소수도, 부자들도 아닌 노모스, 즉 법이었다. 노모스 앞에 만인은 평등하다. '올바르게 제정된 법'이 최고의 권력을 행사하는 공동체가 '좋은 질서'를 만들고 '좋은 국가'를 만들 수 있다. 오늘날 법치의 수호자로 최고의 법정인 헌법재판소가 존재하는 이유다. 민중의 함성, 정치가와 언론의 선동이 헌법재판소를 겁박하는 순간 법치는 무너지고 최선의 국가는 요원해진다.

아테네 민주정은 노모스를 최고 권력자로 인정하고 복종할 때 융성했고, 오로지 민중 다수의 힘이 법을 대신하는 경향이 팽배해지면서 쇠퇴했다. 국가의 최고 권력은 민중에게서 직접 나오는 것이 아니다. 전체 민중의 총의로 만든 헌법과 법률, 즉 노모스가 최고 권력의 원천이다. 이 철칙이 무시될 때 민주주의는 위기로 내몰린다.

헌법 절차를 밟으며 헌법 밖 조치를 요구하면 그것 역시 법치가 아니다. 국정 농단을 징벌하는 대의에도 법치주의 무시는 허용될 수 없다. 정의를 세우기 위해서라도 과장과 왜곡이 더 이상 용납돼서는 안 된다. 최고 권력자인 헌법과 법률을 무시한 민중과 정치가의 정략적 선동을 경계한 현인의 목소리에 귀 기울여야 할 때다.

추천 고전

- 아리스토텔레스, 《정치학》, 천병희 옮김, 숲(2009).
- 플라톤, 《법률》, 박종현 옮김, 서광사(2009)
- 플라톤, 《국가·政體》, 박종현 옮김, 서광사(2005)

아테네 최고 법원의 역할을 하던 아레오파고스가 있던 바위 언덕에서 아크로폴리스를 바라본 모습이다. 아레오파고스 회의는 고위 공직자의 탄핵이나 법률위반행위 등을 심사했다. 요즘의 헌법재판소와 유사한 기능도 수행했던 셈이다. 이후 기원전 5세기 중반 민주정이 강화되면서 그 기능과 권한이 많이 축소되었다. 건너편으로 아크로폴리스 정문인 프로필라이온(Propylaea)를 향해 숱한 관광객이 오르는 모습이 보인다.

진정한 민주주의 수호자들

정치 보복을 끊는 포용적 리더십이 민주주의를 지킨다.

아테네가 '페리클레스(BC 495?~429)의 황금시대'를 지나 쇠락하면서 파탄을 맞게 된 결정적 계기는 펠로폰네소스 전쟁(BC 431~404)의 패배였다. 아테네는 스파르타에 항복했다. 시민들은 공황 상태에 빠졌다.

패전은 정치 체제 경쟁에서 진 것과 다름없었다. 전쟁 내내 스파르타는 패전국들에 과두정을 채택할 것을 강요했고, 아테네는 자신이 굴복시킨 나라들에 민주정을 요구했기 때문이다. 아테네의 민주정은 스파르타의 지원을 받는 과두파의 혁명으로 무너지고 30인 참주정이 정권을 잡았다. 아테네의 저술가 크세노폰(BC 430?~355?)은 역사서 《헬레니카(Hellenika)》에서 당시의 정황을 전한다.

과두파 우두머리는 크리티아스(BC 460~403)였다. 우중(愚衆)에 휘둘리지 않고 10세대를 버틴 스파르타의 과두정! 그는 이전부터 스파르타의 정체가 아테네의 민주정보다 낫다고 믿고 있었다. 하지만 그가 이끈 30인 참주정은 가혹한 군사독재를 낳았다. 자신들을 따르는 3000명에게만 공공 행정 참여의 권리를 주었다. 또 이들에게만 무기를 주고 홍위병처럼 부렸고 나머지 시민들의 무기는 몰수했다.

게다가 민주파 시민들을 살해하고 쫓아내거나 재산을 강탈했다. 민주정을 희구했던 사람들은 목숨을 부지하기 위해 다른 나라로 망명하거나 피신했다. 잔혹한 참주정치는 아테네 시민들을 공포에 떨게 했다.

이러한 극한 상황에서 30인 참주정에 분연히 맞선 사람은 트라시불로스(?~BC 388)였다. 테베로 도피했던 그는 처음엔 고작 군사 70명을 모아 도전했다. 고생 끝에 점차 세력을 불린 그는 몇 차례의 전투 끝에 참주정의 군대를 아테네 시내에서 쫓아냈다.

곧 민주정은 회복되었다. 과두파 잔당에 대한 대대적인 숙청과 피비린내 나는 보복 살육이 예상되었다. 드디어 참주정에 의해 목숨과 재산을 잃은 숱한 시민들의 원한을 풀 때가 왔다. 하지만 민주혁명의 일등 공신 트라시불로스의 선택은 달랐다. 그는 민회 연설에서 참주정을 차마 거부하지 못했던 시민들의 친스파르타 행위와 정의감의 부재를 꾸짖었다.

그리고 그는 어떤 혼란도 있어서는 안 되며 전통의 법을 준수하라고 요구했다. 또 참주 30인과 중요 공직자 몇몇을 제외한 3000인단을 자신의 위치로 돌아가도록 하고, 보복하려는 이들에게는 친구와 친지들을 보내 화합하도록 설득했다. 그리고 다시는 과거사를 들추지 않겠다고 서로 서약하게 했다. 민중은 그의 뜻을 따라 서약을 신실하게 지켰다. 보복의 인적청산 악순환을 끊고 화합과 상생을 일군 숭고한 행동이었다. 이들이 진정한 민주주의의 수호자들이 아닌가.

"횃불로 불태워버리자." 선동하는 이가 아니라 포용적 리더십으로 정치 대통합을 이룬 트라시불로스 같은 리더가 필요한 때다.

추천 고전

• 크세노폰, 《헬레니카》, 최자영 옮김, 아카넷(2012).

올리브 관을 수여받는 트라시불로스의 모습을 새긴 엠블럼이다. 16세기 이탈리아의 인본주의 법학자 안드레아 알시아토(Andrea Alciato, 1492~1550)는 1531년 펴낸 자신의 작품 〈엠블레마타(Emblemata)〉에서 30인 참주정을 무너뜨리고 민주정을 회복하고, 대립하는 집단들을 포용하여 나라를 안정시킨 트라시불로스의 빛나는 업적을 엠블럼으로 찬양했다.

출처 : https://commons.wikimedia.org/wiki/File:Thrasybulus1.gif

민주정을 유지시키는 교육

자유와 평등, 법치의 가치가 공유되어야 민주정을 지킬 수 있다.

민주주의가 보편화된 현대에도 여러 정체(政體)가 공존한다. 대한민국은 대다수 국가들처럼 민주공화정을 채택하고 있다. 어느 나라이든 자국 정체를 최고의 정체로 믿고 그 정체가 오래도록 존속되길 희망한다.

나라의 정체를 유지시키는 일은 예로부터 통치자들의 공통의 과제였다. 이를 최초로 체계적으로 연구한 이는 아리스토텔레스(BC 384~322)이다. 그는 역저 《정치학(politika)》에서 150여개 그리스 도시국가들의 다양한 정치체제를 비교 분석하면서 정체를 존속시키는 방법과 정체의 변혁과 파괴를 가져오는 사례를 연구했다.

민주정체를 유지시키기 위해서는 어떤 노력이 필요할까. 그러려면 먼저 민주정이 추구하는 가치가 무엇인지 규명해야 한다. 아리스토텔레스는 민주정은 부자든 빈자든 어느 쪽도 우선권을 갖고 다른 쪽을 지배하지 못하도록 양쪽이 대등한 권력을 갖게 하는 게 요체라고 보았다. 특히 이들이 똑같이 국정에 참여하게 하려면 자유와 평등이 잘 구현되어야 한다고 믿었다. 또한 자유 시민을 규율할 최고 권력이 민중이 아닌 법에게 주어져야 한다고 강조했다. 결국 민주정을 유지하려면 공유 가치인 자유와 평등, 법치의 이념을 제대로 이해하고 구현해야 한다는 의미다. 그런데 그게 어디 쉬운 일인가.

민주정체에서는 정치적 소요와 반목이 끊임없이 일어난다. "평등을 추구하는 자들은 자신들이 더 가진 자들과 평등함에도 불구하고 덜 가졌다고 생각하면 들고일어나고, 불평등, 즉 우월성을 추구하는 자들은 자신들이 우월함에도 더 갖지 못하고 똑같이 또는 덜 가졌다고 생각하면 들고일어난다."

요즘 우리 사회에서 소득 양극화를 둘러싸고 빚어지는 갈등과 그 본질은 비슷하다. 아무튼 이런 이기심과 심리적 대립이 민주정을 위협하고 정체의 변혁을 일으키는 원인이 된다. 여기에 민중선동가(demagogos)의 무절제한 선동이 가세하면 정체는 심하게 흔들린다.

기원전 5세기에서 4세기에 민주정이 만개했던 고대 아테네에서는 귀족과 민중에게 똑같이 추첨으로 공무담임권을 부여하여 정치적 평등을 보장했다. 그런데 평등의 원리를 경제적 평등으로까지 적용시켜야 한다는 맹신이 민주정을 위태롭게 만들었다. 특히 민중선동가들이 빈자와 부자들을 이분법적 대립으로 몰고 갈 때 그러했다.

아리스토텔레스는 민중이 너무 가난해져 민주정의 질이 떨어지지 않도록 보살펴야 한다고 강조하면서도 빈자가 부자의 재산을 몰수하거나 적대시하게 만들어서는 안 된다고 경계했다. 현실적으로 경제적 측면에서는 산술적 평등이 아니라 비례적 평등이 추구될 수밖에 없다고 보았기 때문이다.

아리스토텔레스는 민주정을 위협하는 일들을 막기 위해서는 사람들이 민주정체에 맞는 사고와 행동을 하도록 교육을 잘해야 한다고 역설했다. 그럼에도 그는 당시 그리스 민주정 국가들에서 민주정체의 진정한 이익에 배치되는 일들이 벌어지고 있다는 점을 지적했다.

특히 민중이 민주정체의 특징으로 간주되는 '다수의 지배'와 '개인의 자유'를 잘못 파악하고 그릇된 행동을 하고 있다고 질타했다. 이들이 "정의는 평등이고, 평등은 다수의 결정이 최고 권력을 갖는 것을 의미하며, 자유는 각자 원하는 대로 하는 것을 의미한다"고 잘못 이해하고 있다는 것이다. 진정한 민주정체는 "각자가 마음 내키는 대로" 살아가는 것을 보장하는 체제가 아니기 때문이다. 결국 민주정의 가치 교육 실패가 초래한 결과다.

우리의 고조선 시대에 해당하는 2500여 년 전에 아테네인들은 민주정을 창안했다. 기적 같은 일이다. 그런데 그들의 실험은 위대했지만 실패했다. 민주정의 공유 가치를 제대로 교육하지 못했기 때문이다. 우리도 민주주의를 향유하려면, 자유와 권리에 따르는 책임과 의무를 다하고, 상대적 불평등을 인정하며 법치를 존중하는 태도를 내면화하여 실천해야 한다. 청소년기부터 이런 공유 가치를 교육해야 하는 이유다.

터키 에게 해 연안 도시 앗소스 유적지에 세워진 아리스토텔레스 상이다. 마케도니아 출신인 아리스토텔레스는 아테네에서 플라톤에게서 수학한 후 BC 335년에 리케이온 학당을 세우고 후학을 양성하였다. 이후 알렉산드로스의 부친인 마케도니아의 왕 필리포스 2세가 그리스 남부 지방으로 세력을 펼치며 아테네에 반마케도니아 경향이 강해지자 그는 소아시아 지역의 앗소스로 피신하여 이곳에 한동안 머물며 학생들을 가르쳤다.

추천 고전

• 아리스토텔레스, 《정치학》, 천병희 옮김, 숲(2009).

국가란 무엇인가

누가 민중을 선동하는가

선동가는 늘 민중의 결의로 법을 지배하려 든다.

아리스토텔레스(BC 384~322)는 《정치학(Politika)》에서 시민이 공직에 참여하는 기준에 따라 민주정체의 유형을 다섯 가지로 구분했다. 첫째, 평등의 원칙에 따라 국정에 참여하는 유형, 둘째, 재산등급에 따라 공직을 배분하는 유형, 셋째, 양친 모두 시민이면 누구나 공직에 참여하되 법이 지배하는 경우, 넷째, 시민이기만 하면 누구나 공직에 참여하되 법이 지배하는 유형, 마지막 유형은 다른 점에서는 같지만 법 아닌 대중(plethos)이 최고 권력을 갖는 경우다.

아리스토텔레스는 법 대신 민중의 결의(psephisma)가 최고 권력을 갖는 다섯 번째 정체를 극도로 경계했다. 그는 이런 왜곡된 민주정체는 민중선동가 탓에 생겨난다고 보았다. "법이 최고 권력을 갖지 못하는 국가에서는 민중선동가들이 나타난다. 이것은 민중이 다수로 구성된 독재자(monarchos)가 되기 때문이다. 다수가 개인으로서가 아니라 집단으로서 최고 권력을 갖기에 하는 말이다."

독재자가 된 민중은 법의 지배를 받지 않는 까닭에 폭군적 성격을 띠게 되면서 독재를 추구한다는 것이다. 이런 정체는 무늬만 민주정체이지 실제는 독재정체 중에서도 가장 지독한 참주정체와 닮았기 때문이다. 민중선동가들은 법이 최고 권력을 갖지 못하게 하면서 더 훌륭한 시민들에게 폭군처럼 대한다는 것이다. 반면 민중에게 아첨을 떠는 자들은 민중에게 존경을 받게 된다고 한다.

아리스토텔레스는 법이 아닌 민중의 결의가 최고의 권력을 갖게 되는 것은 민중선동가들의 책임이라고 규탄한다. 그들은 왜 민중을 선동할까. "민중이 모든 것을 지배하고 그들이 민중의 의견(doxa)을 지배하면 그들의 영향력이 커지기 때문이다. 민중이 그들에게 복종하니 말이다." 민중선동가가 공직자를 비판하면서 "민중이 결정할 일"이라고 말하면 "민중은 기꺼이 그들의 청을 받아들이게 되고, 그러면 모든 공직자들의 권위가 땅에 떨어지고 만다." 이렇게 해서 민중선동가들은 민중의 권력을 빌려 국정을 좌지우지하게 된다.

이런 까닭에 아리스토텔레스는 법이 최고의 권력을 갖지 못하고 민중의 결의에 따라 결정되는 체제는 진정한 민주정체가 아니라고 단언한다. 민중의 결의에는 보편타당성이 결여돼 있기 때문이라는 것이다.

요즘 민중의 결의들이 넘친다. 촛불과 맞불에 참여하여 헌법기관들을 겁박하는 대중 모두 법 위에 군림하려는 "다수로 구성된 독재자"의 속성을 빼닮았다. 이들이 정파적 이해를 좇아 과장과 왜곡을 서슴지 않는 정치꾼들과 언론들, 대중의 환심을 사려는 민중선동가들에 의해 휘둘리고 있는 점에서 그렇다. 2300년 전과 다른 점은 이들을 질타하는 현인이 드물다는 것뿐이다.

추천 고전

• 아리스토텔레스, 《정치학》, 천병희 옮김, 숲(2009).

국가란 무엇인가

품격사회를 위하여

대한민국은 자유인의 지혜와 덕목에 목마르다.

인류 역사상 가장 빛나는 문명을 이룬 국가는 로마다. 로마는 기원전 753년에 건국된 후 동서(東西)로 나누어져 1453년 동로마 제국(비잔틴 제국)이 멸망할 때까지 무려 2200여 년 동안 흥성했다. 그런데 그 시원(始原)은 그리스 문명이었다. 아테네를 중심으로 한 그리스 도시국가들은 자유와 평등, 민주와 법치 같은 인류 보편적 가치들을 창안하고 이를 현실에서 실험하고 구현했다.

그리스인들은 이를 바탕으로 문학, 회화, 조각, 건축, 철학, 자연학 등 문화의 모든 영역과 학문의 여러 갈래에서 원천이 되는 것들을 태동시켰다. 기원전 8세기에서 4세기까지 그리스인이 창조하고 발전시킨 문명의 역량은 로마 공화정과 르네상스 시대의 계승과 부활을 통해 현대 서구문명에 풍요로운 유산으로 전해졌다.

로마는 그리스 문명의 수용과 변용을 통해 문명국가로 거듭났다. 로마인들이 그리스 문학과 철학을 접하며 교양과 품격을 갖추기 위해 얼마나 노력했는가는 여러 전거로 확인할 수 있다. 로마 최고의 철학자 키케로(BC 106~43)의 《아르키아스 변호 연설》이나, 수사학자인 쿠인틸리아누스(35?~95?)의 《스피치 교육》에는 그리스 교육자들의 지식과 교양의 뛰어남, 또 그들의 교육방법과 문화를 배우기 위해 열심이던 로마인들의 찬탄과 분투가 잘 묘사돼 있다.

로마 공화정은 아테네 민주정의 장점을 수용하면서도 우중(愚衆)정치로 흐른 폐해를 극복하려 부심했다. 로마는 2명의 집정관에게 최고 행정권을 담당하도록 했고 원로원과 민회, 호민관을 두어 서로 견제하게 하여 민주주의의 방종을 막으려 애썼다.

균형 잡힌 권력구조가 유지되던 공화정 시기는 로마의 문화가 화려하게 꽃피고 시민 덕목이 충일한 시대였다. 민중은 자유를 마음껏 누리고 나라의 방위에 흔쾌히 목숨을 바치며 시민생활에서는 법률의 규제를 따랐다. 기원전 27년 황제정이 시작될 때까지 그런 시민 덕목과 균형은 유지됐다. 이렇듯 문명의 수월성은 개인의 덕성과 사회의 문화 품격에서 나온다. 교양을 갖춘 자유인의 지혜, 용기, 절제가 강조되고 개인과 공동체의 일체감이 높았을 때 로마의 시민 덕목과 품격은 절정을 구가했다.

대한민국은 세계사에서 유례가 없는 압축 성장을 일군 기적의 나라다. 하지만 근대화 과정에서 전통의 가치와 덕목을 잃어버렸고, 근대 국가의 시민 덕목은 내면화하지 못했다. 평등의 주장에 앞서 자유에 따르는 책임과 의무를 다하는 문화, 타인의 성취를 인정하고 약자를 배려하는 포용의 문화가 미흡하다. 또 민주의 가치 못지않게 법치를 존중하고 공동체와 조화를 이루려는 공화(共和)의 정신은 더욱 허약하다.

욕망을 절제하는 자족의 윤리도 필요하다. 격차 해소를 위한 국가적 노력과 함께 개개인의 질시와 시샘의 심리를 극복하지 못하면 결코 행복한 사회를 만들 수 없다. 우리 국민의 평균 학력은 서구보다 높지만 시민의식과 교양, 사회의 품격은 뒤처진다. 독서량과 평생학습의 습관이 선진국에 비해 크게 미흡한 것도 그 배경이다. 시민 덕목을 고양하는 정신의 근대화가 절실하다. 미래 자유통일을 이룬 대한민국의 부흥을 준비하기 위해 아테네와 로마 공화정 융성기에 구현되었던 시민 덕목과 문화를 우리도 한번 꽃피워야 하지 않겠는가.

추천 고전

- 키케로, 《설득의 정치》, 김남우 외 옮김, 민음사(2015).
- 퀸틸리아누스, 《스피치 교육》, 전영우 옮김, 민지사(2014).
- M.I 핀리 엮음, 《그리스의 역사가들》, 이용찬·김쾌상 옮김, 대원사(2009).

이곳은 기원전 753년에 건국된 이래 기원전 476년에 게르만 용병 오도아케르에게 멸망하기까지 공화정과 황제정을 거치며 1200여 년 간 로마인들의 정치, 경제, 종교, 문화생활의 중심지였던 포로 로마노(Foro Romano) 유적지이다. 이곳은 공회당(Foro), 신전, 원로원, 기념비 등 각종 공공시설물들이 즐비했던 로마의 심장부였다. 왼쪽의 건물이 셉티미우스 세베루스 황제의 개선문, 앞쪽 8개의 원주가 남아 있는 곳이 농업의 신 사투르누스 신전이다. 이 신전은 로마의 국가의 중요 재물을 보관하는 금고 역할을 했다.

아테네 전사의 선서와 사기관리

사기는 자유 수호, 준법과 복종의 서약에서 나온다.

정신력은 전쟁의 승패를 좌우한다. 기원전 490년 2차 페르시아 전쟁 당시 아테네군은 페르시아 대군에 비해 절대적으로 전력이 열세인 상황이었지만 마라톤 평원의 전투에서 승전했다. 기병도 궁수병도 없는 아테네 군 중장보병 1만 명은 페르시아 2만5000명의 보병과 1000명의 기병에 맞서 대승을 거둔다. 아테네군은 페르시아군을 6400여 명이나 도륙했다. 아군 피해는 단지 192명의 손실이었다.

명장 밀티아데스의 양 날개 포위 전략이 주효했지만, 자유민으로 구성된 아테네 병사들의 일체감과 자유 수호의 결연한 의지가 승리의 숨은 동인이었다. 탁월한 전략과 충천하는 전사들의 사기가 결합될 때 승리를 얻을 수 있다는 좋은 교훈이다. 하지만 병사의 사기가 절실한 전투 상황에서 전의가 불타오르게 하려면 평시에 부단한 전투 연습과 사기관리를 하지 않으면 안 된다. 아테네 군은 사기관리를 위한 방안의 하나로 전사들의 서약의식을 활용했다.

"저는 손에 들고 있는 신성한 무기를 욕되게 하지 않겠습니다. 저는 결코 전우를 버리지 않겠습니다. 다른 사람과 더불어 제 힘이 닿는 한 후세를 위해 우리 조국이 더욱 거대하고 강력한 나라가 될 수 있도록 싸우겠습니다. 저는 지휘관에게 복종할 것이며 기존의 법과 앞으로 제정될 모든 법을 준수하겠습니다. 누군가가 기존 질서를 뒤엎으려 한다면 저는 온 힘을 다해 다른 사람과 함께 이를 저지하겠습니다."

아테네 전사들은 제우스, 아테나 여신과 헤라클레스를 증인으로 삼아 서약했다. 2년간의 군사 훈련을 마치고 20세가 돼 현역 전사로 출발할 때 행했던 이 서약은 군대의 중요한 의식이 있을 때마다 반복해 제창됐을 것이다. 신성한 서약은 전사로서의 책무와 그들이 싸워야 할 이유와 지켜내야 할 소중한 것들을 늘 상기시켜 주었을 것이다.

우리 군 역시 '군인복무규율'에 입영 및 임관 시 "대한민국의 군인으로서 국가와 국민을 위해 충성을 다하고 법규를 준수하며 상관의 명령에 복종하고 맡은 바 임무를 성실히 수행할 것"을 선서하도록 규정하고 있다. 특히 아침저녁으로 '복무신조'를 목청 높여 외친다. "우리는 자유민주주의를 수호하며 조국 통일의 역군이 된다. 우리는 법규를 준수하고 상관의 명령에 복종한다. 우리는 명예와 신의를 지키며 전우애로 굳게 단결한다."

군대의 복무규율의 효시였던 아테네 군의 서약은 직설적이고 결연하다. 조국에 대한 충성심을 북돋우고 있다. 우리 군의 선서와 복무신조 역시 간결하지만 우리가 지켜내야 할 소중한 가치와 질서, 전우애를 강조하고 있다. 하지만 무엇을 서약하고 선서하며 결의한다고 해서 무조건 사기가 충천하는 것은 아니다. 물론 선서의 의식 자체도 신성하다. 더욱 중요한 것은 개개인의 병사가 선서와 신조 하나하나의 진정한 의미와 가치를 얼마나 충실하게 내면화하느냐에 달려 있다. 정신전력 교육은 바로 여기에 초점을 맞춰야 한다. 사기는 입이 아니라 가슴에서 우러나온다.

추천 고전

- 헤로도토스, 《역사》, 천병희 옮김, 숲(2009).
- 아리스토텔레스·크세노폰 외, 《고대 그리스정치사 사료》, 최자영·최혜영 옮김, 신서원(2002).

마라톤 전투를 승리로 이끈 아테네의 명장 밀티아데스 동상. 마라톤 승전을 이끈 192명의 전사자 무덤 앞에 있다.

스파르타 용사의 전투복과 군인의 제복

때로 형식이 내용을 이끈다.

세월호 참사를 계기로 모든 여객선의 선장과 선원에게도 제복 착용이 의무화된다. 자유 복장을 입던 민간인 승무원이 제복을 입으면 무엇이 달라질까? 같은 사람이라도 제복을 입었을 때와 평상복을 입었을 때의 마음가짐과 행태는 확연히 다를 수 있다. 제복은 통일성·단합성의 이미지도 나타낸다. 평등과 화합의 의미도 갖는다. 절제와 규칙을 풍기기도 한다. 때로 집단의 일체감에서 뿜어 나오는 위압감을 과시해 선망의 대상이 되기도 한다.

제복을 입는 집단이 어떤 사명과 역할을 하느냐에 따라 그들이 입는 제복의 의미는 다양해질 수 있다. 하지만 여러 집단이 서로 다른 제복을 입더라도 기대하는 효과만큼은 똑같다. 제복을 입음으로써 자신이 속한 집단의 고유한 목적과 사명을 늘 일깨울 수 있다는 점이다. 이것이 바로 제복, 유니폼(uniform)을 착용하는 근본 목적이다. 유니폼은 각자 본연의 기능 수행에 최적화된 개인을 만들어내는 데 도움을 준다. 군인은 군인답게, 스포츠맨은 스포츠맨답게, 의사는 의사답게 만들어준다.

제복은 집단의 신성한 의무와 역할에 충실하도록 끊임없는 자기 점검을 촉진시킨다. 세월호 승무원이 모두 제복을 입고 있었다면 무책임하고 비겁한 행동을 하기 어려웠을 것이고 참사도 최소화할 수 있었을 것이다. 한국 국가대표 축구선수들은 국가대표 유니폼으로 갈아입는 순간 대한민국 국민의 기대와 성원에 보답하기 위한 열정으로 달구어지고, 상대팀을 제압하는 '붉은 악마'가 된다. 이렇듯 제복이 만들어내는 보이지 않는 힘은 무한하다.

이런 제복을 상시적으로 입는 대표적인 집단이 바로 군인·경찰·소방대원이다. 그중 군인의 제복의 역사가 가장 길다. 제복은 싸워서 이기는 전사의 사기와 응집력, 용맹성에 상당한 영향을 미친다. 2500여 년 전 고대 스파르타 전사의 제복은 당대 모든 국가 전사들의 복장과 확연히 달랐다. 그들이 입는 튜닉은 아주 진한 주홍빛이었다. 전투 중에 '피가 눈에 띄지 않도록' 하기 위해서였다고 한다.

눈만 노출시키고 얼굴 전체를 감싼 청동투구와 청동 흉갑, 펄럭이는 진홍빛 망토, 흘러내린 긴 머리, 청동 방패와 청동 정강이 보호대, 그리고 날카롭게 벼린 긴 창이 스파르타 용사의 전투 복장이었다. 중장보병의 통일된 제복과 전투 장비는 적들의 간담을 서늘케 했다. 또 청동 무구의 엄청난 무게를 견뎌내는 강인한 체력, 거침없이 적진을 각개 격파하는 스파르타 전사의 용맹성을 극대화시켜 주었다. 스파르타 용사들이 죽음을 두려워하지 않는 무적의 전사가 될 수 있었던 데에는 제복의 자부심이 만들어낸 상징과 힘도 크게 작용했던 것이다.

군인은 제복을 입었을 때 가장 멋지다. 제복은 바르게 착용할 때 그 가치가 살아난다. 강인한 '군인다움'이 물씬 풍기는 제복은 국민에게 무한한 신뢰를 준다. 제복을 입었던 늠름한 군 복무시절은 평생의 스토리와 자부심이 된다. 대한민국 사나이들만이 누릴 수 있는 자랑스러운 특권이다.

추천 고전

- 아리스토텔레스·크세노폰 외, 《고대 그리스정치사 사료》, 최자영·최혜영 옮김, 신서원(2002).

개인전투 장비와 복장을 완전히 갖춘 아테네 전사의 모습이다. 망토형태의 겉옷 클라미스(chlamys)를 걸치고 왼손에는 방패를, 오른손은 칼을 쥐었다(칼은 망실). 머리에 쓴 모자 앞쪽의 두 개의 구멍은 청동 투구 또는 화환 등을 고정시키는 데 쓰인다. 무덤 부조물인 이 작품의 주인공은 아테네인 나이코스(Naiscos)이며, 스코파스(Skopas)가 조각했다. BC 350~325년 경. 아테네 국립 고고학 박물관.

아테네 전사의 비상식량과 한국군의 전투식량

'먹는 일'도 '싸우는 일'만큼이나 중요하다.

전쟁의 승패는 강한 전사에 달렸다. 강한 전사는 체력과 정신력을 고루 갖춰야 한다. 강한 체력을 유지하기 위해 과학적인 영양관리도 소홀히 할 수 없다.

필자는 10년 동안 국방부 자체평가위원으로 봉사해 오면서 여러 차례 일선 부대를 방문해 병사와 장교의 식사를 고루 취식해 봤다. 필자가 80년대 초 전방에 근무할 때와는 하늘과 땅 차이였다. 우리 군의 주둔지 평시 급식의 질은 매우 우수하다. 하지만 식단의 맛과 영양이 장병들의 기호를 충족시킬 수 있도록 끊임없이 개선해야 한다.

군대의 모든 기능은 전시를 전제로 준비되고 발휘될 수 있어야 한다. 급식도 마찬가지다. 전시 야전 급식의 수준과 효율적인 급식 역량이 어느 정도인지 점검해 볼 필요가 있다. 야전에서는 대규모 장병을 대상으로 정상적인 급식이 이뤄지기 어렵다. 특히 깨끗한 식수, 적절한 식자재와 화력을 확보할 수 없는 제한된 작전지역에서의 장병 급식은 비상수단에 의존할 수밖에 없다. 이때 필요한 것이 전투식량이다.

언젠가 모 TV 방송 예능 프로그램에서 '진짜 사나이'들의 전투식량 취식이 방영된 적이 있다. 자연스럽게 해군 구명식량과 육군 전투식량의 맛 대결도 이뤄졌다. 하지만 전투식량은 단순히 장병들의 기호에만 따를 수는 없다. 전시 소요 열량, 중량, 포장 재질, 동절기 보온 급식 등 고려해야 할 요소가 많다. 또 우리 군의 전투식량의 식단이 10여 종으로 너무 적은 것도 문제다. 150여 종이 넘는 미군의 다양한 식단에 비하면 아직도 개발의 여지가 많다.

2500년 전 고대 아테네 전사들의 비상식량은 어땠을까? 당시 군대의 보급 원칙은 적군의 땅에서 먹을 것을 구하는 것이었다. 특별한 용도의 전투식량은 아예 없었다. 일단 전투에 임할 때 전사 개인별로 3일치의 비상식량을 가져가야 했다. 양식이래야 빵·치즈·올리브·양파·마늘이 전부였다. 아리스토파네스의 희극 작품 《평화》에 나오는 '아주 고약한 썩은 양파 냄새가 나는 배낭' 이야기는 그리스 병사들의 고충을 대변해 준다.

단기간 내에 적을 격파해서 적진의 식량을 탈취하지 못하면 굶는 경우도 다반사였다. 특히 적군이 들판의 곡식이나 과실나무들을 모조리 불태우고 퇴각하는 청야(淸野) 작전으로 나올 경우 식량 조달에 곤경을 겪었다. 페르시아 전쟁 당시 아테네가 살라미스 섬으로 퇴각하면서 벌인 작전도 이런 예다.

식수를 오염시켜 놓는 것도 적에게 치명적이다. 야전에서는 급식 불가로 겪는 기아와 질병이 적보다 더 무섭다. 알렉산더 대왕 역시 동방원정 시 인디아 근처에서 한때 숱한 병사를 아사와 전염병으로 잃고 절망에 빠진 적이 있었다.

전쟁터에선 '먹는 일'도 '싸우는 일'만큼이나 중요하다. 악천후와 최악의 환경에서도 전투력을 유지할 수 있는 위생적이고 영양이 풍부한 전천후 한국형 전투식량이 개발됐으면 좋겠다.

추천 고전

• 아리스토파네스, 《아리스토파네스 희극전집 1》, 천병희 옮김, 숲(2010).

스파르타 전사의 전우애와 GOP 위험병사

생사고락을 함께 나눌 때 끈끈한 우정이 나온다.

GOP(일반전초) 총기사고가 터졌다. 가슴 아픈 일이다. 적을 향해야 할 총구가 상관과 동료 병사에게 불을 뿜었다. 성스러운 병역을 수행하다 졸지에 사망한 병사들에게 삼가 조의를 표한다. 아울러 부상당한 장병들의 빠른 쾌차를 빈다.

사고자가 B급 '관심병사'였다고 한다. GOP 근무자 중 인성검사 이상자나 자살 위험이 있어 심리 치료와 상담, 따뜻한 관찰이 필요한 '보호 관심병사'가 10% 가까이 된다고 한다.

하지만 GOP 근무자뿐만 아니라 현역복무 병사 모두 '잠재적 관심병사'다. 기본적으로 병사들 사이에 전우애가 형성되기 어렵기 때문이다. 정말 끈끈한 전우애가 있다면 GOP 총기사고는 일어나지 않는다.

전우애(戰友愛)는 피를 흘리는 전쟁터에서 생사고락을 함께하면서 자연스럽게 강화되는 전사 사이의 심리적 유대감이다. 전우애와 동료애는 질적으로 다르다. 엄밀히 말해 현재 대한민국 현역 장병은 전우가 아니다. 동료 장병이자 '잠재적 전우'일 뿐이다. 그렇다고 우리 장병이 실제 '전우'가 돼서는 안 된다. 결코 전쟁이 있어선 안 된다는 말이다. 하지만 언제든지 전우가 될 각오와 태세를 가져야 하는 게 현역 장병의 의무다.

스파르타 전사가 고대 그리스 최강 전력을 자랑했던 비결 가운데 뜨거운 전우애도 중요한 요소였다. 스파르타의 중장보병, 호플리테스(Hoplites)는 숱한 전쟁터에서 자신의 목숨을 보호해 주는 동료 병사의 소중함을 너무나 잘 안다.

중장보병의 강점인 엄정한 밀집대형의 성패는 전우애에 달렸다. 왼손에 방패를 든 전사는 자신의 왼쪽에 선 전사의 우측을 방어해 주고, 자신의 오른쪽 병사로부터 노출된 자신의 우측 몸을 보호받는다. 전사들 간에 보호해 주고 보호받을 수 있다는 굳건한 믿음이 깨지면 밀집대형은 순식간에 무너진다. 자신의 오른쪽을 그대로 노출할 수밖에 없는 밀집대형의 맨 우측에 최고의 용맹과 전투력을 갖춘 전사를 세우는 이유다.

스파르타 전사들은 모두 자유시민권자였다. 조그만 실수에도 혹독한 체벌이 가해졌고 중대 과오에는 사형이나 시민권을 박탈했다. 시민권을 잃으면 자유를 상실한다. 엄정한 군기를 유지하는 중요한 동기부여가 있었던 셈이다.

우리 장병들은 고대 그리스 전사들처럼 자유시민으로서 얼굴을 익히며 구역별로 공동체 생활을 함께한 경험이 없다. 40여 년 복무하던 고대 병사와 달리 2년의 짧은 복무기간으론 전사로서의 기초적인 동료애를 쌓기도 어렵다. 더구나 현역 복무의 동기부여도 미약하다. 현역병사 모두 국민의 절대적 사랑이 필요한 '잠재적 관심병사'일 수밖에 없는 이유다.

평시 군대 내 사고를 줄이기 위해선 전시에 전우애로 전환될 수 있는 끈끈한 동료애를 쌓는 데 주력해야 한다. 고락을 함께 나누는 것만큼 동료의식과 '우리 의식'을 키우는 비결은 없다. 누구도 '왕따'가 있어선 안 된다. 또 사고를 냈다고 군의 사기를 떨어뜨리는 일도 삼가야 한다.

추천 고전

- 헤로도토스, 《역사》, 천병희 옮김, 숲(2009).

마라톤 전투 기념 청동 조형물의 하나이다. 마라톤 전투가 벌어졌던 마라톤 지역에 있다. 대부분의 고대 그리스 국가들이 사용한 전형적인 중장보병의 밀집대형 모습을 잘 보여주고 있다. 오른손은 창을 쥐어 겨누고, 왼손에 청동방패를 쥐고 왼쪽의 동료 병사와 밀착하여 수비하기 어려운 그 병사의 오른쪽을 보호해주는 대형이다. 밀집대형에 숙련되면 끈끈한 전우애가 저절로 형성될 것 같다.
전투 장비를 스스로 마련하여 참전한 중장보병의 활약이 두드러지면서 중산층의 평등의식이 발달하여 민주주의의 발전에 기여한 측면이 있다. 훗날 아테네의 해군이 증강되면서 평민이나 무산자들이 삼단노선의 노잡이로 대거 유입되었고 그들의 참정권 확대로 아테네 민주주의가 더욱 확대된 것도 같은 맥락으로 이해할 수 있다.

장병의 사기진작과 문화정책

문화·체육의 힘이 사기를 좌우한다.

생사를 넘나드는 전투를 치르는 장병들에게 최고의 무기는 충천하는 사기다. 전투 장비를 능숙하게 다루며 강인한 체력과 살상 능력을 갖춘 뛰어난 전사들이 아무리 많아도 이들에게 적을 제압하겠다는 용기와 담력이 없으면 승리하기 어렵다. 이러한 무형의 전력, 즉 사기가 넘치는 장병들은 자신이 가진 역량을 초월하는 전투력을 발휘한다.

고대 그리스의 불세출의 영웅 알렉산드로스(BC 356~323)가 무패 신화를 세운 데에는 그가 장병들의 사기관리에 성공한 것도 한몫했다. 훗날 로마의 역사가 아리아노스(95~175)가 쓴 《알렉산드로스 원정기》는 알렉산드로스가 동방원정의 긴 여정에서 온갖 고초를 겪으면서도 장병들의 심신 긴장과 이완을 적절히 관리하는 문화체육 시책으로 사기를 올린 사례를 보여준다.

알렉산드로스는 전투를 치르기 전에 반드시 예언자에게 신의 징조를 탐색하도록 했다. 승리의 전조를 얻으면 이를 전 병사에게 주지시켜 승리의 자신감을 고취했다. 그러나 불길한 징조가 나오면 사기저하를 우려해 전투 계획을 보류하거나 변경하기도 했다.

또 전투에서 승리하거나 새로운 정복지에 입성하면 제우스에게 감사의 제를 올리고 전리품을 나눠준 후 전투 대형으로 행렬식을 열었다. 또 각종 운동경기와 시 짓기, 악기 연주 등 문학 경연을 열어 장병들의 다양한 재능을 발휘하게 했다. 기원전 333년 페르시아의 다리우스 대왕과 격돌한 이수스 전투의 승전 후에 그랬고, 이집트에 무혈입성한 후에도, 인도 포루스 왕과의 격렬한 전투에서 승리한 뒤에도 그랬다.

이처럼 알렉산드로스가 전투 승리 이후에 관례처럼 열었던 운동경기로서 승마 시합, 횃불 경주, 음악과 시를 겨루는 대회 등 다양한 문화체육 행사들은 죽을 고비를 넘긴 장졸들 사이에 전우애를 북돋우고 일체감을 고취하는 데 크게 기여했을 것임에 틀림없다. 피비린내 나는 전투를 치른 후에 벌이는 혈기 넘치는 청년들의 체육과 문예 제전은 강인한 육체와 예술 활동을 숭상했던 그리스인들의 정체성을 고양했을 것이다. 불굴의 사기는 여기서 나온다.

예나 지금이나 장병들의 사기진작은 모든 지휘관에게 중요한 과제다. 우리 군도 장병들의 정신전력을 강화하기 위해 전담부서를 두어 문화예술 활동이나 정훈 사업을 펼치고 있다. 물질적 보상에 한계가 있는 우리 군에서 그나마 병영 내 다양한 문화정책은 심리적 보상과 사기관리의 기능을 일정 부분 감당해왔다.

최근 국방부에서 이러한 일을 펼쳐온 문화정책 부서와 정신전력정책 부서의 통합 소식이 들린다. 유사 사업을 통폐합해 효율성을 높이되 장병들의 사기진작을 위한 정훈 분야와 문화예술 사업들을 조화롭게 추진해 통합의 시너지 효과를 거두길 기대한다. 전시에 임전무퇴의 용맹한 전사를 만드는 일은 평시의 사기관리에 달렸다.

추천 고전

- 아리아노스, 《알렉산드로스 원정기》, 박우정 옮김, 글항아리(2017).

아리스토텔레스의 풍수지리학

지속가능한 환경은 자연과 어우러진 곳이다.

풍수지리에 대한 연구와 관심이 동양에만 있었던 것은 아니다. 고대 그리스인들도 도시 설계에서 풍수지리의 요소들을 섬세하게 선별하고 활용했다. 아리스토텔레스(BC 384~322)는 《정치학》에서 시민들이 건강한 생활을 할 수 있는 아름다운 도시 설계 시 고려해야 할 바람직한 지형지세와 조건을 논하고 있다.

그리스 도시국가의 영토는 단지 개별 도시 하나로 이루어지는 것이 아니라 주변 전원 지대를 포함했다. 그래서 국가의 도성 역할을 하는 도시는 영토 전체와 육지 또는 바다로 긴밀하게 연결될 수 있는 곳에 입지하는 것이 바람직했다. 아리스토텔레스는 도시의 방향은 동풍을 쐴 수 있도록 동쪽을 향하도록 한 것을 최고의 쾌적한 여건으로 쳤고, 북풍을 등지고 세운 도시를 그 다음으로 여겼다. 그리스 신전들의 입구가 모두 동향을 취한 까닭도 그 때문이리라. 우리 건축의 경우 전통적으로 남향을 최고로 친 이유는 추운 겨울 날씨에도 햇볕을 오래 받을 수 있도록 고려했기 때문일 것이다. 위도와 기후의 차이가 다른 선호를 만들지 않았을까.

아리스토텔레스는 도시는 정치 활동이나 군사 활동을 하기에 편리한 곳에 세우는 것이 좋고, 군대의 출동은 쉽지만 적군이 도시를 포위하기 어려운 형세를 갖출 것을 권장했다. 그는 도시의 튼튼한 성벽의 중요성도 강조했다. 성벽은 최선의 군사적 대비책이라는 것이다. 다만 성벽은 오로지 전쟁 목적에만 유용해서는 안 되고, 도시의 미관에 이바지하도록 구축되는 게 좋다고 말한다.

특히 아리스토텔레스는 도시의 위치와 방위(方位)는 시민들의 건강에 좋으냐를 우선해서 살펴야 하고, 건강한 물을 용이하게 확보하고 사용할 수 있어야 한다고 강조했다. 또 시민들의 주택의 배치는 거주의 기능적 목적에 부합하여 편리해야 되지만, 미관상으로도 좋아 보이게 배열하도록 권고했다. 그럼에도 불구하고 전시의 안전을 감안해 외적이 길을 찾기 어렵게 주택을 배열할 필요도 있음을 지적한 대목은 주도면밀하다.

그리스인들의 풍수지리도 '좌청룡 우백호' 산세의 호위와 물의 확보가 용이한 위치를 권장한 동양의 풍수와 유사한 측면이 있다. 결국 바람과 물, 땅과 사람이 잘 어우러져 살아갈 건강한 입지를 위해 자연지형의 영향을 과학적으로 평가하여 선택하는 풍수지리의 기준을 도출했던 것이다.

요즘 대규모 신도시를 건설할 때나 개별 주택이 아닌 아파트 단지를 조성할 때 적합한 형세의 부지가 절대 부족하다보니 풍수지리의 관점을 고려할 계제가 아닌 듯하다. 하지만 예나 지금이나 시민들의 건강에 좋고, 미관에도 기여하며, 안전하고 지속가능한 도시를 만들기 위해서 풍수지리의 상황들을 주도면밀하게 살펴야 한다는 점은 크게 달라지지 않았다.

추천 고전

- 아리스토텔레스, 《정치학》, 천병희 옮김, 숲(2009).

2. 리더란 무엇인가

⇦ (사진설명)

그리스 신화 속의 신, 프로메테우스의 형제인 거인족 아틀라스가 하늘을 떠받치고 있다. 고대 그리스인들은 그의 고역 덕분에 인류가 지상의 문명을 이룰 수 있었다고 믿었던 게 아닐까? 〈아틀라스〉. BC 1세기 원작을 AD 2세기에 복제한 작품. 나폴리 국립 고고학 박물관.

'진실한 사람' 키케로

시대정신에 응답하는 이가 진실한 사람이다.

기원전 63년 로마의 탁월한 정치가이자 철학자였던 마르쿠스 툴리우스 키케로(BC 106~43)는 로마 공화정 최고의 공직인 집정관 후보로 출마했다. 키케로는 귀족 출신이 아닌 기사 계급인 데다 정치 신인이었다. 당시 안토니우스와 같은 쟁쟁한 명문가 출신 정치인들과 경쟁하면서 승리를 위해 분투했다.

집정관이 되겠다고 나선 형을 보면서 동생 퀸투스가 키케로를 위해 권고한 선거 전략 가운데 흥미로운 게 여럿 있다. '출신 환경의 약점을 극복할 수 있도록 천성과 노력으로 얻은 풍부한 자질을 적극 활용하라', '유권자의 호감을 불러일으킬 만한 주제를 택해 기대감을 주도록 애써야 한다'는 대목 등이다.

그 가운데서도 가장 눈에 띄는 전략은 지지자와 협력자를 확보하기 위해 키케로가 '진실한 사람'임을 확신하게 만들라는 조언이다. 일시적이고 선거용이 아닌 지속적이고 굳건한 우정이 유지될 것이라는 믿음을 주라는 취지의 권고다.

이는 예산 폭탄과 특혜의 보장 등 선심성 거래를 통해 우정과 유대를 만들라는 뜻은 아닐 것이다. 오히려 철저한 공화주의자였던 키케로의 정치 철학에 대한 불변성을 유권자에게 강조하라는 의미로 읽힌다. 실제 동생 퀸투스의 선거 전략이 주효했는지 키케로는 절대 다수의 지지를 얻어 집정관에 당선됐다. 그리고 그 뒤로 로마 시민의 믿음에 부응하면서 로마 공화정을 끝까지 사수하다 최후를 마쳤다.

요즘 시중에도 '진실한 사람'들의 경합이 주목을 끈다. 세상에는 진실한 사람이 넘친다. 하지만 인간사의 상황에 따라 요구되는 진실의 기준은 여럿이다. 사랑하는 남녀 간에는 지고지순한 사랑이 최고의 진실일 테다. 학자에겐 치열한 탐구정신과 독창성이 탁월한 진실이 될 터. 정치인에겐 당파적 이익보다 국민들이 염원하는 시대적 화두에 충실히 응답하는 것이 진실의 덕목이 아닐까.

국회의원은 입법자이자 국정의 감시자다. 국회의원은 선량(選良)이라 불리기도 한다. 말의 뜻 그대로 무언가 탁월하기에 뽑힌 사람들이다. 따라서 응당 가장 탁월하고 진실해야 할 사람들이다.

특히 약속을 지키는 신뢰의 정치인이라면 금상첨화. 모든 정당의 후보들이 이런 사람들이라 믿고 싶다. 오는 4월 국회의원 선거에서야말로 탁월한 입법과 정책 창안을 이끌 사람들이 선출돼 최악의 국회라는 오명을 탈피하고 경제 위기를 극복함으로써 기필코 국민소득 3만 달러 시대에 들어설 수 있게 되기를 소망한다.

키케로의 고향 이탈리아 아르피눔의 아크로폴리스 유적지에 남아 있는 성탑이다. 이 곳에는 석회를 쓰지 않고 돌로만 쌓아올린 고대 성벽이 아직도 남아 있다.

추천 고전

• 퀸투스 키케로, 《후대 경세가들에게 보내는 로마인의 편지》, 이영훈 옮김, 굿인포메이션(2009).

〈키케로 흉상〉. 로마 시대 작품. 로마 카피톨리노 박물관.

리더란 무엇인가

공직 출마자에게 소크라테스가 묻다

리더로 나서는 자, 적격의 역량과 자질을 먼저 갖춰라.

아테네의 철학자 플라톤(BC 427~347)의 외할아버지 글라우콘은 왕족의 후예였다. 가문의 후광을 믿은 까닭인지 그는 스무 살도 되지 않은 나이에 나라의 지도자가 되겠다며 대중 연설에 자주 나섰다. 그런데 이 약관(弱冠) 청년의 연설은 대중의 공감을 사지 못했고, 연단에서 끌려 내려와 웃음거리가 되는 일이 허다했다.

당시 아테네에서는 18세에 성년이 됐지만 2년 동안 군복무를 해야 했기 때문에 실질적으로 20세 이전에는 민회에 참석하는 것조차 불가능했다. 게다가 제비뽑기로 선출되는 평의회 의원은 30세를 넘어야 자격이 주어졌다. 사정이 이런데도 글라우콘의 친척이나 친구들은 어느 누구도 정치적 야망에 들떠 있는 이 청년의 호기 어린 행보를 막을 수 없었다.

그즈음 소크라테스(BC 470~399)가 이 청년을 만났다. 소크라테스는 글라우콘이 진정 국가의 지도자가 될 자격이 있는지 하나하나 캐물었다. 우선 국가 재정의 수입과 지출의 현황, 그리고 수입을 늘리고 지출을 줄일 구체적 방책을 물었다. 글라우콘은 그것에 대해 연구해 보지 못했다며 적으로부터 빼앗아 국가를 부강하게 만들 수 있다고 대답했다.

그러자 소크라테스는 승전의 관건이라 할 아테네와 적의 병력 상황을 말해 보라고 했다. 하다못해 기록을 해 놓은 것이라도 있는지 물었다. 글라우콘은 이에 대해서도 아무런 답변을 못 했다. 끝으로 소크라테스는 그가 국가를 유지할 수 있는 적정한 식량 자원에 대해 알고 있는지 물었다. 역시 묵묵부답. 국가 재정과 안보, 식량 조달은 고대 국가의 생존과 번영을 가름하는 중차대한 일이 아닌가.

무엇 하나 제대로 답변하지 못한 글라우콘에게 소크라테스는 이렇게 말했다. "자네가 국가에서 명성을 떨치고 칭찬을 받고자 원한다면, 무엇보다 먼저 행하고자 하는 분야에 대한 지식을 완전히 갖추도록 노력하게. 그리고 자네가 이 점에서 타인보다 월등히 뛰어난 입장에서 국사에 참여하게 된다면, 나는 자네가 소원하는 바를 아주 쉽사리 달성하더라도 조금도 이상하다고는 생각지 않을 것이네."

소크라테스의 제자 크세노폰(BC 430~355)의 저작 《소크라테스 회상》을 통해 전해진 이 일화는 오늘날 정치에 입문해 공직에 선출되기를 열망하는 사람들에게 그대로 유효한 교훈이다. 그들이 국가 지도

자로서의 역량과 식견을 충분히 갖추고 있는지 준엄하게 캐물을 수 있는 소크라테스 같은 현인이 그리운 시절이다.

고대 아테네 아고라 유적이다. 오른쪽 기둥이 남아 있는 곳에 지붕이 있는 긴 회랑이 있었고, 오른쪽에 넓은 열린 공간이 있었다. 소크라테스는 회랑 안쪽 또는 바깥의 아고라 지역을 거닐며 청년과 시민들에게 끊임없이 여러 질문을 던지며 성찰적 삶을 살도록 촉구했다.

추천 고전

- 크세노폰, 《소크라테스 회상록》, 천병희 옮김, 숲(2018).
- 크세노폰, 《소크라테스 회상》, 최혁순 옮김, 숲(2010).

현혹의 유세와 로고스

말의 호소력은 화자와 청중의 아비투스에 달렸다.

아리스토텔레스(BC 384~322)는 말의 중요성을 일찍이 간파했다. 그가 《수사학》을 저술한 것도 그 때문이다. "말의 사용은 인간에게 육체의 사용보다도 더욱 고유하다." 그렇기에 말은 자신을 선전하거나 변호하는 데 힘을 발휘하지만, "말의 모호한 능력을 부당하게 사용함으로써 엄청난 해를 끼칠 수 있다"는 것이다.

기원전 5세기에서 4세기경에 고대 그리스 아테네에 민주주의가 만개하면서 아고라와 민회가 열리는 프닉스 언덕에서는 고발과 법안 제안이나 정견을 발표하는 말의 향연이 벌어졌다. 연설술을 가르치는 소피스트들이 대거 등장한 것도 말을 잘하고픈 사람들의 수요가 많았기 때문이다.

말이 넘치다 보니 아리스토텔레스가 우려했던 대로 국가와 시민 생활에 '엄청난 해'를 끼치는 일도 빈발했다. 그릇된 정책 결정 역시 누군가의 선동적 연설에서 비롯되었다.

아리스토텔레스는 시민들이 정치가들의 달콤한 연설술에 현혹되지 않기를 바랐다. 그의 수사학은 올바른 말의 사용법, 설득적 연설술은 물론, 진실과 소피스트들의 궤변을 감별해 내는 기법을 담고 있다. 따라서 수사학은 타인을 효과적으로 설득하고 소통할 수 있는 능력을 키워주는 학문이었음에 틀림없다.

아리스토텔레스의 수사학은 쌍방향 소통의 비결을 제시했다. 그는 연설의 설득력은 연설가의 역량 못지않게 청중의 정념과 기질, 감성의 요소에 영향을 받는다는 점을 파악했다. 그는 청중의 심리적 상황과 성격, 기질 같은 요소를 '아비투스(habitus)'라고 불렀다. 그렇다면 '먹히는 연설'은 연설의 진실 여부를 떠나 청중의 아비투스의 허점에도 기인할 수 있다는 얘기다.

교활하고 음흉한 연설가는 청중의 이런 허점을 파고들어 거짓된 선동을 일삼는다. 넘치는 유세 연설에서 무엇이 진실인지 거짓인지 어떻게 식별해야 할까. 아리스토텔레스가 설득의 수단으로 든 세 요소, 즉 에토스(Ethos·품성), 파토스(Pathos·감성), 로고스(Logos·이성)를 거꾸로 연설자를 시험하는 도구로 쓸 수 있을 듯싶다.

말하는 사람의 과거 언사와 행동의 일치 여부로 인격과 품성을 가늠하라. 이로써 신뢰할 수 없는 사람, 경쟁자에 대해 근거 없는 험담과 분노를 감성적으로 쏟아내는 사람, 실현 가능성이 없는 장밋빛 공약(空約)을 남발하는 비이성적인 사람에게 설득당하지 말자. 연설의 설득력은 상호 간의 아비투스에 달렸다. 현혹의 유세 연설에서 진실과 거짓을 감별하는 국민들의 '로고스'가 빛을 발휘해야 할 때다.

추천 고전

- 아리스토텔레스, 《수사학/시학》, 천병희 옮김, 숲(2017).
- 아리스토텔레스, 《수사학》, 이종오 옮김, 숲(2015).

아테네 아크로폴리스 맞은편 남서쪽에 있는 프닉스 언덕이다. 이곳은 아테네의 민회장으로 민주주의의 성지이다. 오른쪽에 연단인 베마가 남아있다. 연설을 원하는 사람은 누구나 베마에 오를 수 있었다. 클레이스테네스, 테미스토클레스, 아리스티데스, 페리클레스 등 역대 주요 정치인들의 연설 또한 이곳에서 이루어졌다. 산 건너편으로 아크로폴리스와 파르테논 신전이 보인다.
현대 정치가로는 프랑스 대통령 마크롱이 2017년 9월 처음으로 이곳 프닉스 언덕에서 민주주의의 발전과 EU의 재건을 약속하는 연설을 했다. 그는 민주주의의 성지 프닉스의 상징을 잘 활용한 것 같다.

프닉스 언덕의 아테네 민회에서 연설하는 페리클레스의 모습을 묘사한 그림이다. 아테네 번영의 상징인 아크로폴리스를 가르키고 있다. 〈페리클레스의 추도 연설〉. 필립 폴츠(Philipp Foltz, 1805~1877)의 1877년 작.

출처: https://commons.wikimedia.org/wiki/File:Discurso_funebre_pericles.PNG

국가 안위와 정파의 이익

정적까지 포용할 수 있어야 나라를 살린다.

민주주의가 만발한 어디서나 권력 쟁취를 둘러싼 정파 간 경쟁은 치열하기 마련이다. 허나 국가가 위기에 처했을 때 정치가와 대중이 정파적 이익을 어떻게 극복하느냐에 따라 나라의 융성과 쇠락이 좌우된다. 플루타르크(46?~120?)의 《영웅전》에 나오는 기원전 5세기 초엽 아테네의 한 정황은 이런 예를 잘 보여 준다.

당시 아테네에서 대립하는 정파를 이끈 이는 테미스토클레스(BC 528?~462?)와 아리스티데스(BC 520?~468?)였다. 아리스티데스는 '정의로운 사람'으로 존경받았고, 테미스토클레스는 저돌적인 추진력과 군사 전략을 갖춘 정치가였다. 둘은 기원전 490년 제2차 페르시아 전쟁 당시 마라톤 전투에서 활약한 전우이기도 했다. 사실 두 사람 모두 아테네에 소중한 자산이었다. 민중들은 사안에 따라 이들을 번갈아 지지했다.

하지만 이들은 서로 상대를 꺾으려고 갖가지 정치적 술책이나 반대를 위한 반대로 맞서기 일쑤였다. 그러던 중 테미스토클레스는 마라톤의 승리로 교만한 마음을 갖고 있던 민중들을 현혹해 아리스티데스를 도편 투표로 국외로 추방했다.

그러나 그로부터 3년 뒤인 기원전 480년 아리스티데스는 페르시아가 제3차 전쟁을 일으켜 아테네로 침공하면서 다시 귀국하게 된다. 아테네의 자유가 위협받자 테미스토클레스가 정치적 라이벌인 그를 불러들여 참전시킨 것이다. 아리스티데스 역시 국가의 안전을 위해 과거의 숙적인 테미스토클레스를 흔쾌히 도왔다. 특히 아테네가 전 국토를 페르시아 군에 내주고 살라미스 섬으로 피난한 후 오직 살라미스 해전의 승패에 나라의 운명이 걸렸을 때 결정적인 협력을 했다.

아리스티데스는 이렇게 말했다. "테미스토클레스, 우리가 현명한 사람들이라면 누가 더 잘났는지 다투는 쓸데없는 싸움은 그만둡시다. 이제는 우리가 아테네를 위해 서로 도와야 합니다. 당신은 장군으로서 군대를 지휘하고, 나는 당신을 도와 함께 나라를 구해 내야 합니다." 그는 페르시아 대군이 아테네 연합 함대를 포위한 정보를 제공하며 선공(先攻)하도록 추동했다.

정치적 앙숙이던 두 사람의 협력은 살라미스 승전의 밑거름이 됐고, 아테네는 기사회생할 수 있었다. 지금 우리는 어떤가. 북한이 연일 핵실험 위협을 하면서 미사일을 쏘아 올리는 국가 위기 상황에서도 정당은 계파의 의석과 권력 투쟁의 셈법에만 몰두하고 안보를 걱정하는 정치인은 없다. 자유통일의 비전은 장기적으로 경제 난국의 해법이기도 하다. 아직도 초당적 협력은 난망한가.

추천 고전

- 플루타르코스, 《플루타르코스 영웅전 Ⅰ》, 홍사중 옮김, 동서문화사(2007).
- 헤로도토스, 《역사》, 천병희 옮김, 숲(2009).

테미스토클레스 동상. 살라미스 해협이 바로 앞에 보이는 아테네의 외항 피레우스 시내에 있다. 테미스토클레스는 제3차 페르시아 전쟁(BC 480)에서 살라미스 해전을 승리로 이끌어 국가 존망의 위기에 빠진 아테네를 구했다.

균등한 보상과 공평한 보상

같은 것은 같게, 다른 것은 다르게 대우하는 게 정의다.

페르시아제국의 창업자 키루스 2세(BC 585?~529)는 현 이란의 서남부에 위치한 작은 부족 국가 페르시아의 왕자로 태어났다. 그는 탁월한 리더십으로 강군을 만들어 자국보다 수십 배 큰 나라인 메디아와 리디아를 정복하고 바빌로니아, 박트리아, 인도의 일부까지 지배하는 페르시아제국을 건설했다. 아테네의 장군이자 역사가인 크세노폰(BC 430?~355?)은 키루스의 성공 스토리를 《키로파에디아(Cyropaedia)》로 전해 준다.

키루스가 세계 최초로 대제국의 지배자가 될 수 있었던 요인은 여럿이 있다. 그 가운데 가장 강력한 효과를 발휘한 것 하나를 꼽자면, 전리품의 공정한 분배를 들 수 있다. 정복 전쟁에서 무언가를 쟁취한 병사들은 그 물건을 공동의 재산으로 여겨 이를 똑같이 나눠 갖고 싶어 했고, 귀족들은 자신들이 더 많은 보상을 받기를 원했다.

한 장수가 이렇게 말했다. "나는 이 세상의 무엇이든 간에 좋은 사람과 나쁜 사람이 균등한 몫을 받는 것보다 불공평한 것은 없다고 믿습니다." 그러자 키루스는 성공에 대한 보상을 모두에게 균등하게 나눠 줘야 할지, 아니면 각 병사의 노력을 고려해 그에 합당한 만큼 더 줘야 할지를 공개 토론에 부쳤다.

귀족이든 평민이든 차별 없이 공적에 따라 나누자는 제안이 나왔다. 모든 일에서 가장 큰 몫을 얻으려 최선을 다하지만 정작 힘든 일에서는 누구보다 적은 몫을 맡으려는 병사들이 있다는 지적도 있었다.

키루스는 그런 부류의 병사는 그 지위에서 제거돼야 한다고 말했다. 또 귀족이든 병사든 구분 없이 공적의 경쟁에서 동등한 기회를 주고 이룩한 공적에 따라 보상해 주겠다고 했다.

키루스는 전투마다 공정한 심판관이 돼 장졸들에게 성과에 합당한 차등적인 보상을 집행했다. 특히 그는 먼저 정복한 나라의 군대와 함께 전쟁을 수행할 때는 획득한 전리품의 배분 권한을 페르시아 군대가 아닌 다른 나라의 지휘관들에게 맡겼다. 키루스는 균등한 보상 대신 공평한 보상으로 부하들이 서로 용맹을 다투게 했고, 자발적 복종을 얻어낼 수 있었다.

키루스는 합리적 차등 보상의 힘을 누구보다도 정확히 간파했다. 그는 자신의 소임을 소홀히 하면서 성과 배분에서는 무임승차하려는 나태한 병사는 용납하지 않았다. 경기 침체가 장기화되면서 경쟁력을 상실한 많은 기업이 구조조정의 몸살을 앓고 있다. 2500여 년 전 페르시아의 영웅 키루스가 시행했던 합리적 신상필벌의 지혜를 주목하자.

추천 고전

- 크세노폰, 《키로파에디아》, 이은종 옮김, 주영사(2012).
- 크세노폰, 《키루스의 교육》, 이동수 옮김, 한길사(2015).

페르시아 제국을 연 아케메네스 왕조의 첫 수도였던 파사르가데의 탈레 탁테(The Tall-e Takht) 성 안에 있는 키루스 2세 무덤이다. 대 제국 창건자의 무덤치고는 검소하다. 알렉산드로스는 이곳을 점령한 후 키루스에게 경의를 표하기 위해 도굴 당하고 크게 훼손된 키루스의 무덤을 복원하도록 지시했다. 그 후 오랫동안 방치되어 왕궁 터, 정원, 요새 등의 주춧돌과 기둥들이 조금 남아 있으나, 외성의 성벽은 남아 있지 않다. 방어에 유리하도록 산악 등 험준한 지형을 이용하지 않고 넓은 평원 한 가운데 왕성을 세운 것이 매우 독특하다.
키루스 대왕 무덤을 비롯하여 남아 있는 당시 건축물 유적들은 페르시아, 이집트, 그리스, 아시리아 등 여러 문명의 양식이 혼합된 모습을 보이고 있다. 이러한 역사적·문화적 가치가 인정되어 이 무덤은 2004년 세계문화유산으로 지정되었다. 기원전 540년~530년경 조성. 이란 파사르가데 유적지.

공동체를 구하는 리더십과 팔로우십

리더십 못지않게 팔로우십도 중요하다.

어느 집단이든 결정적인 패배를 당한 상황, 또는 고립무원(孤立無援)의 상태에서 생존해 나간다는 것은 쉽지 않다. 아테네 출신 장군 크세노폰(BC 430?~355?)의 《아나바시스(anabasis)》는 이런 극한 상황에서 작은 군사집단이 어떻게 위기를 극복하고 생환했는가를 한 편의 파노라마처럼 잘 보여 준다.

그리스군이 페르시아의 왕자 퀴로스 2세의 반란에 용병으로 참가해 내륙 깊숙이 진군했다가 패전한 후 기원전 400년 적진을 뚫고 천신만고 끝에 그리스로 귀환하는 과정을 그린 전쟁기다. 산에 오를 때보다 내려올 때 더 많은 위험이 도사려 있듯 군대도 적과 맞서 싸우거나 진군할 때보다 대오를 잃고 퇴각할 때 더 큰 피해를 입는 게 상례다.

패전 후 오롯이 남은 그리스 1만 군대가 그런 상황이었다. 그러나 페르시아 영토 한가운데 고립된 그들에게 페르시아군이 무기를 버리고 항복하라고 요구하자 그들은 단호하게 응했다. "우리가 대왕의 친구가 돼야 한다면 우리는 무구들을 다른 사람에게 넘겨주었을 때보다는 그것들을 가지고 있을 때 더 값진 친구들이 될 것이며, 그리고 우리가 싸워야 한다면 무구들을 다른 사람에게 넘겨주었을 때보다는 그것들을 가지고 있을 때 더 잘 싸우게 될 것이라는 것이 우리의 생각이다."

난국을 헤쳐 나갈 길이 보이지 않을 때 느끼는 절망감은 조직의 사기를 땅에 떨어뜨린다. 그때 현명한 장군들이 적진을 정면 돌파하기로 결정한 것이다. 하지만 퇴각 과정에서 그들을 돕는 듯 위장했던 페르시아 태수의 속임수에 빠져 그리스군의 주요 장군들이 몰살당한다.

그리스군은 큰 충격을 받고 혼란에 빠졌지만, 곧 전 병사들이 참여해 장군들을 민주적으로 선출하고 전열을 가다듬어 퇴각하게 된다. 군량미를 획득하기 위해서 적과의 협상이냐 정벌이냐의 냉혹한 결정을 해야 했다. 이때마다 이들은 전 군사의 다수결 의사에 따르거나, 신들에게 제물을 바치고 난 후 예언자가 전해 주는 전조(前兆)의 길흉에 따라 군대의 진퇴를 결정했다.

지휘관은 개인이 아닌 공동체를 위한 공명정대한 자세와 정확하고 합리적인 상황 판단에 의한 설득과 협상 능력을 발휘했다. 지휘관의 리더십 못지않게 전사들의 팔로십도 주효했다. 귀향에 대한 강렬한 희구, 자유에 대한 열망, 리더를 정점으로 한 그리스 전사들의 결속력이 자신들을 살려 냈다. 오늘날 리더를 잃고 방황하는 정당, 파산 위기에 놓인 기업, 구심 없이 갈등하는 모든 조직에서 주목해 볼 대목이 많다.

추천 고전

- 크세노폰, 《아나바시스》, 천병희 옮김, 단국대학교출판부(2001).

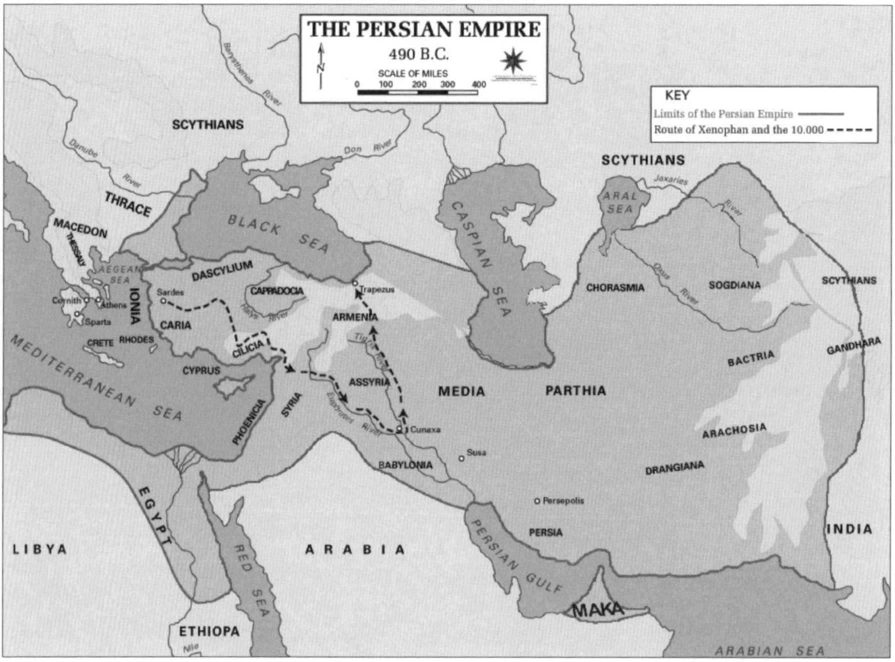

크세노폰의 1만 그리스 용병의 행군로(검은색 점선)를 나타낸 지도. 붉은 선 안의 지역이 페르시아 제국의 영토.

출처: https://commons.wikimedia.org/wiki/File:Persian_Empire,_490_BC.gif

정치가는 처자식을 공유하라?

리더는 타인의 상황을 내 일처럼 공감할 수 있어야 한다.

한 국회의원의 가족 채용이 물의를 일으키고 있다. 자신의 동생, 딸, 오빠를 비서관 등 국가의 세금이 투입되는 직책에 맘대로 채용했다. 어처구니가 없다. 고유의 인사권 행사인지 염치를 모르는 특권의 연장인지 모르겠다. 가족 사랑이 넘치다 보니 빚어진 일로 보기엔 납득하기 어렵다. 제 가족 챙기기에 급급한 이 선량(選良)에게 국민을 위한 입법과 국고의 문지기를 맡길 수 있을까?

고대 그리스 아테네에서도 정치가들의 사심(私心)을 어떻게 제어할 것인가 고민한 이가 있었다. 플라톤(BC 427~347)이었다. 그는 어떻게 하면 통치자들이 대중과 즐거움과 고통을 함께 공유(koinonia)하게 할 수 있을까 고민했다. 그는 통치자들이 가족과 사사로운 이해관계에서 벗어나 모든 사람을 형제나 누이, 어버이나 아들딸로 여겨 공경하고 순종하며 아낌없이 돌볼 수 있기를 바랐다.

플라톤은 '내 것'에 대한 사유(私有·idiosis)의 끝없는 욕망 때문에 이런 일들이 이루어지기 어렵다고 보았다. 숙고 끝에 그는 통치자들의 처자식을 공유하게 하자고 주장했다. 그의 저작 《국가》에 나오는 이야기다. 현대인들은 이해할 수 없는 주장이지만 당시 플라톤의 생각은 진지했다. "아내도 자식들도 따로 갖고, 사사로운 것들에 대한 사사로운 즐거움과 고통도 나라에 생기게 함으로써 분열하게 하는 일이 없도록 말일세. 오히려 이들이 자신의 것에 대한 한 가지 신념으로 동일한 것을 목표로 삼고서, 고통, 즐거움과 관련하여 모두가 최대한으로 '공감상태(homopatheia)'에 있도록 만들지 않겠는가?"

그는 처자식의 공유를 통해 '남의 것'을 '나의 것'처럼 사랑하게 만들고, 나아가 통치자는 친족의 이익 추구보다, 국가 전체의 행복을 증진하려 노력하게 된다는 것이다. "동일한 일들이 생기거나 없어질 때, 모든 시민이 최대한으로 비슷하게 기뻐하거나 괴로워할 경우의 이 즐거움과 고통의 공유가 나라를 단결시키지 않겠는가?" 턱없이 순진한 믿음인가.

처자식의 공유는 인간의 자연적 본성에 어긋난다. 훗날 아리스토텔레스도 스승의 이런 제언을 비판했다. 플라톤 역시 그런 일이 실현 가능성이 없다는 것을 모를 리 없었다. 단지 그는 '아름다운 나라'의 '파라데이그마(paradeigma·本)'를 세워 보고자 한 것이다. 그의 주장은 제 가족 챙기기와 사욕에 사로잡힌 통치자들에 대한 역설적 비판인

셈. 가족 채용의 비리도 사욕의 결과가 아닌가. 기실 처자식을 공유하라는 플라톤의 주장은 정치가들이 진정한 무사(無私)를 실천하라는 준엄한 질책이었다. 모든 이들을 '가족처럼' 사랑하라는.

추천 고전

- 플라톤, 《국가》, 천병희 옮김, 숲(2013).
- 플라톤, 《국가·政體》, 박종현 옮김, 서광사(2005).

신이 보낸 등에 소크라테스

캐묻지 않는 삶은 인간에게는 살 가치가 없다.

국가 존립의 위기나 경제적 곤경에 처한 시대의 사람들은 대개 두려움과 좌절에 쉽게 사로잡혀 합리적 사고에서 벗어난 행동을 하기 일쑤다. 기원전 4세기 후반의 아테네인들이 그러했다. 펠로폰네소스 전쟁(BC 431~404)에서 스파르타에 항복한 아테네인들은 심각한 후유증을 앓았다. 최고의 번영을 구가하던 아테네인들의 자존심은 무너졌고, 풍요롭던 경제와 활기 넘치던 문화 역량은 피폐해졌다.

이런 상황에서 멜레토스 등은 신을 믿지 않고 청년들을 타락시킨다는 죄목으로 소크라테스(BC 470~399)를 시민법정에 기소했다. 그러나 소크라테스는 자신에게 덧씌운 죄를 부인하고 오히려 시민들의 비이성적 행태를 꾸짖었다. 결국 기원전 399년 심사가 틀린 아테네 시민들은 소크라테스에게 사형을 선고했고, 그는 죽음을 달게 받았다.

소크라테스는 당시 지혜롭다고 자부하는 정치인, 지식인들을 찾아가 집요하게 질문을 던지며, 그들이 실은 지혜롭지 않다는 것을 입증했다. 그가 그렇게 사람들에게 캐묻는 것을 듣고 좋아한 청년들은 소크라테스를 흉내 내어 다른 사람들에게 캐묻고 다녔다. 같은 방식으로 청년들에게 논리적 봉변을 당한 사람들이 소크라테스를 원망하게 된 것도 그 때문이리라.

시민들은 소크라테스가 밉기는 했지만 처음부터 그를 죽이려고 한 것은 아니었던 것 같다. 법정에 세워 추궁하면 소크라테스가 물러설 줄 알았는지도 모른다. 하지만 소크라테스는 자신은 '신이 보낸 등에'라면서 시민들의 그릇된 행태를 지적하는 일을 멈출 수 없다고 항변했다.

"부와 명예와 명성은 되도록 많이 획득하려고 안달하면서도 지혜와 진리와 당신 혼의 최선의 상태에 대해서는 관심도 없고 생각조차 하지 않다니 부끄럽지 않소?", "재산에서는 미덕이 생기지 않지만, 미덕에서는 재산과 그 밖에 개인이든 국가든 사람에게 좋은 모든 것이 생겨납니다."

소크라테스는 이렇게 시민들에게 끊임없이 조언하는 것이 신이 내린 소명이라고 인식했다. 소크라테스는 행동이 굼떠 자극이 필요한 말에게 등에가 배정되듯, 신이 자신을 아테네 시민들을 일깨우고 설득하고 꾸짖으라고 등에 역할을 부여했다는 것이다.

소크라테스는 어느 누구를 위해서도 정의에 반하는 행위를 용인한

적이 없으며, 시민들을 일깨우는 일을 그치지 않은 만큼 죄가 아니라 외려 시청사 무료 식사 제공의 영예를 받아야 마땅하다고 말했다.

그는 "날마다 대화하는 것이야말로 인간에게 최고선이며, 캐묻지 않는 삶은 인간에게는 살 가치가 없다"고 역설했다. 오늘날 안보와 경제의 총체적 국가 위기를 맞은 상황에서 대중에 아부하고 선동하는 이를 꾸짖고, 국민들에게 용기와 절제의 미덕을 주문할 등에 같은 현인이 그립다.

추천 고전

- 플라톤, 《소크라테스 변론 크리톤 파이돈 향연》, 천병희 옮김, 숲(2012).

소크라테스가 독배를 받는 장면이다. 왼쪽 끝에 등을 돌리고 앉은 이가 애제자 플라톤이다. 그는 차마 스승의 죽는 모습을 바라보지 못하고 시름에 젖어 있다. 〈소크라테스의 죽음〉. 프랑스 자크-루이 다비드(Jacques-Louis David, 1748~1825) 1787년 작. 뉴욕 메트로폴리탄 미술관.
출처: https://commons.wikimedia.org/wiki/File:David_-_The_Death_of_Socrates.jpg

전사 소크라테스의 교훈

어떤 위기에서도 흔들리지 않는 사람은 살아남는다.

전쟁에서 승패는 병가지상사(兵家之常事)이다. 상황이 급변하는 전쟁터에서 승리든 패배든 수시로 일어날 수 있다는 의미다. 그런데 승기를 잡은 병사들은 사기충천하여 승리의 여세를 몰아가기 쉽지만, 패하여 후퇴하는 병사들은 두려움에 휩싸여 한순간에 오합지졸이 되고 무참히 살상당하기 십상이다. 따라서 승리의 전과를 극대화시키고 패배의 피해는 최소화하도록 통제할 수 있는 사람은 분명 훌륭한 병사요 명장일 것이다.

패주하는 군대의 피해를 최소화한 모범적인 병사의 사례가 하나 있다. 고대 아테네의 현인 소크라테스(BC 470~399)가 그 주인공이다. 아니 병사 이야기에 왜 생뚱맞게 철학자 소크라테스가 등장하느냐구

요? 아테네의 자유시민은 누구나 18세부터 55세까지 병역의 의무를 졌다. 의무복무기간이 무려 38년이나 된다. 당연히 소크라테스도 전쟁이 나면 징집되어 중무장보병으로 나섰다. 그가 40대 후반까지 출전한 기록이 세 번이나 남아 있을 정도다.

소크라테스는 용맹한 전사였다. 여러 번 출전하여 생존할 수 있었던 것도 그 때문이었다. 기원전 424년 아테네 군은 북서쪽 델리온에서 벌어진 보이오티아인들과의 전투에서 참패를 당했다. 플라톤(BC 427~347)이 지은 대화편 《향연》에서 알키비아데스(BC 450~404)는 그 당시 참전했던 소크라테스의 행적을 증언하고 있다.

델리온 전투에서 아테네 군사들은 뿔뿔이 흩어져 후퇴했다. 그 과정에서 무수히 많은 병사들이 보이오티아 군에게 살상되었다. 그 상황에서도 소크라테스는 당당하게 후퇴했다. "아군과 적군을 똑같이 침착하게 응시하며 그리고 누가 자기를 공격하기라도 하면 만만찮은 저항에 부딪힐 것임을 멀리 떨어져 있는 자에게도 분명히 하며." 그는 함께 후퇴하던 장군 라케스보다 훨씬 침착했다고 한다.

패배의 아수라장에서 소크라테스는 침착하고 당당하게 후퇴함으로써 자신은 물론 여러 병사들의 생명을 구할 수 있었다. "싸움터에서 적군은 대개 그렇게 처신하는 사람들은 공격하지 않고 허둥지둥 달아나는 자들을 뒤쫓는 법이니까" 말이다. 소크라테스는 공황 상태에 빠진 병사들 사이에서 감히 범접할 수 없는 침착함과 완강한 대결의지를 보여줌으로써 추격하는 적의 공격을 미연에 막아 낼 수 있었다. 알키비아데스는 "옛날 사람이든 지금 사람이든 이분과 비슷한 사람은 아무도 없다"고 칭송했다.

어디 공포에 사로잡힌 패전의 현장뿐이겠는가. 어떤 조직이나 개인이 예기치 않은 엄청난 과오나 실패를 저질러 공황에 빠졌을 때, 누군가 냉철한 판단과 신속한 수습을 주도한다면 그로 인한 피해를 최소화하고 자신과 조직을 구할 방도를 마련할 수 있을 듯싶다. 전사 소크라테스가 우리에게 주는 교훈이다.

추천 고전

• 플라톤, 《소크라테스 변론 크리톤 파이돈 향연》, 천병희 옮김, 숲(2012).

공직자 범죄 유형과 방지 대책

과잉 욕구는 부패와 범죄를 낳는다.

요즘 대형 건설 사업을 둘러싼 고위 정치인들의 불법과 비리 혐의가 눈길을 끈다. 고위 공직자들의 비위가 끊이지 않는 것은 어제오늘의 일이 아니다. 2015년 기준 국제투명성기구가 발표한 한국의 부패인식지수는 OECD 34개국 가운데 27위로 하위권을 맴돈다. 청렴하고 공명정대하게 소임을 수행해야 할 공직자들이 도대체 왜 부끄러운 비리와 부패의 유혹에서 벗어나지 못하는지 개탄스럽다.

이와 관련해 고대 그리스의 철학자 아리스토텔레스(BC 384~322)가 《정치학(politika)》에서 제시했던 범죄의 유형과 대책이 흥미롭게 상기된다. 공직자 부패의 원인 규명과 방지대책 모색에 좋은 시사점을 준다. 그는 범죄의 원인을 세 가지로 보았다. 그의 주장의 요지를 살피면서 이를 현대적으로 해석해 보자.

첫째, 어떤 이는 생필품을 구하기 위해 범죄를 저지른다. 물론 우리 사회에 '장발장형' 범죄는 희소하지만, 예나 지금이나 기본적인 의식주 해결을 위한 도둑질은 근절되지 않는다. 두 번째, "사람들은 즐기기 위해서도, 욕망을 벗어나기 위해서도 범죄"를 저지른다. 이런 범죄는 단순한 생존욕구를 넘어 또 다른 욕망을 충족하기 위한 것에서 비롯된다. 오늘날 흔히 볼 수 있는 안락한 생활, 사치와 향락을 즐기기 위해 충동적으로 벌이는 다양한 범죄유형이 여기에 속할 듯하다.

세 번째는 "그런 욕망을 느끼지 않는 사람들도 고통이 수반되지 않는 쾌락을 즐기기 위해 범죄"를 저지른다. 이런 범죄는 더 많은 부의 축적에 대한 열망, 자신의 기호나 권력 행사에 수반되는 쾌락의 부산물일지도 모르겠다. 화이트칼라와 사회지도층이 더 많은 욕망을 채우기 위해 저지르는 범죄 유형이 이에 속할 것 같다.

세 가지 범죄유형에 대해 아리스토텔레스가 제시하는 방지 대책은 간결하지만 의미심장하다. 첫 번째 범죄에 대해서는 약간의 '재산과 노동'이 필요하다고 보았다. 팔레아스가 주장한 '재산의 평준화'가 이 경우에 어느 정도 효과가 있을 수 있다고 수긍하는 듯하다. 두 번째 범죄에 대해 그는 '절제(sophrosyne)'를 대책으로 내놓았다. 이런 경우 '재산의 평준화'보다 '욕구(epithymia)의 평준화'가 더 중요하다고 말한다. 무분별한 욕망을 스스로 제어하지 못하면 범죄의 달콤한 유혹에서 벗어나기 어렵다는 얘기다.

세 번째 범죄의 경우처럼 범죄를 통해 쾌락을 즐기고 싶은 사람에게는 '철학'만이 유일한 대책이라고 말한다. 그 이유를 아리스토텔레스는 구체적으로 설명하진 않았다. 아마 윤리의식과 정의감에 기초한 인생철학의 확립이 필요하다고 보지 않았을까. 결국 공직자의 범죄 예방과 경감을 위해서는 '욕구의 과잉'을 절제시키고, 공공심(public mind)과 올바른 삶의 철학을 확립할 수 있는 교육이 절실한 것 같다.

추천 고전

- 아리스토텔레스, 《정치학》, 천병희 옮김, 숲(2009).

헌법 무시와 선동이 부른 참주

선동하는 자의 숨은 야욕을 살펴라.

아테네의 민주적 헌정 질서를 최초로 정립한 이는 현인 솔론(BC 630~560?)이다. 그는 윤리와 도덕의 정치를 중요시했고, 그 이상을 합리적인 법률로 구현하고자 했다. 그는 부자와 빈자들의 이기적 욕망을 절제시키고, 이들의 갈등을 최소화하려 애썼다. 그는 귀족과 평민 사이에 어느 쪽이 부당하게 유리해지지 않도록 여러 균형 있는 입법을 만들었다. 플루타르코스(46?~120?)의 《영웅전》 솔론 편과 헤로도토스(BC 484?~25?)의 《역사》에 나오는 이야기다.

솔론은 헌정질서의 수호에 비상한 관심을 두었다. "내란이 있었을 때 어느 편에도 가담하지 않고 중립을 지킨 사람은 시민권을 박탈한다"고 규정했을 정도다. 헌정 파괴의 괴로움을 외면하는 것은 자유민으로서 비겁한 행동이라고 생각했기 때문이다. 그는 이러한 법을 100년 동안 시행하도록 공포하고, 이런저런 이유를 들어 법을 고쳐 달라는 사람들의 요청이 많아지자 10년 동안 외유를 떠났다.

9명의 집정관 중의 한 사람이었지만 실질적으로 왕에 버금가는 권력을 행사하던 솔론이 갑자기 공직을 내려놓고 떠나자, 아테네에서는 대권을 잡기 위해 극심한 권력다툼이 벌어졌다. 해안당, 평야당, 산악당이 대립했다. 산악당 당수 페이시스트라토스(BC 600?~527)는 빈민을 대변하면서 착실하고 조심성 있는 사람, 평등을 사랑하는 사람으로 민중의 신뢰를 얻고 있었다. 하지만 솔론은 이런 외면적 평판은 그의 지나친 야망에서 나온 것이라는 점을 간파했다.

솔론은 귀국하자마자 세 당파의 싸움을 중재하려 애썼다. 그러면서도 솔론은 어릴 적부터 친분이 있던 페이시스트라토스가 "지나친 욕망을 버리고 독재 정치의 야망만 버리면 훌륭한 인물이 될 것"이라고 기대했다. 그런데 페이시스트라토스는 하루빨리 대권을 잡고 싶었나 보다. 그는 민중을 선동하려고 노새들과 자신의 몸에 상처를 낸 후 정적들이 죽이려 해서 간신히 도망쳐 왔다며 민중에게 호위병을 붙여 달라고 호소했다.

결국 교활한 술책으로 호위병을 얻은 페이시스트라토스는 군대를 더 모아 아크로폴리스를 무력 점령했다. 헌법 절차를 무시하고 쿠데타로 권력을 잡은 것이다. 솔론은 민중의 경솔함과 어리석음을 비판하면서 자유를 지키기 위해 이들 반란 세력에 맞서는 일은 위대하고 영광스러운 일이라고 설득했다. 하지만 자유민 누구도 두려워하여 따르지 않았다. 페이시스트라토스는 얼마 후 합심한 다른 두 당파에 쫓겨났지만 우여곡절 끝에 아테네 최초의 참주가 되었다.

요즘 대권에 집착한 정치인들의 온갖 선동이 난무한다. "탄핵 기각되면 혁명"이란 발언까지 나왔다. 위선의 정치가, 균형 잃은 언론의 선동과 부화뇌동하는 대중이 무엇을 만들지 두렵다.

추천 고전

- 플루타르코스, 《플루타르코스 영웅전》, 천병희 옮김, 숲(2010).
- 플루타르코스, 《플루타르코스 영웅전 Ⅰ》, 홍사중 옮김, 동서문화사(2007).
- 헤로도토스, 《역사》, 천병희 옮김, 숲(2009).

곤봉과 방패로 무장한 페이시스트라토스의 호위대 세 명이 위세를 뽐내며 행진하는 모습이 암포라에 묘사되었다. 당시 참주를 비판하던 시대상의 일면을 보여주는 매우 희귀한 작품이다. BC 530~525년경 작품. 아테네 국립 고고학 박물관.

말에 속지 말고 행적을 보라

한순간 말로 현혹할 순 있어도 오랜 행적은 속일 수 없다.

공개 토론의 목적은 청중의 이해와 지지를 얻고자 함이다. 그렇다면 토론의 성공 여부는 화자(話者)가 청중의 공감을 얻을 수 있는 내용과 화법을 얼마나 적절하게 구사하느냐에 달려 있다. 아리스토텔레스(BC 384~322)는 《수사학》에서 다양한 영역의 토론에 필요한 설득의 기술을 제시했다.

토론에서 청중의 공감을 얻으려면 청중이 어떤 일, 어떤 사람에 대해서, 어떤 아비투스(habitus)에서 어떤 정념을 느끼는지를 헤아려야 한다. 특정 사회적 위치나 환경을 가진 사람들이 공유하는 행동 양식이나 판단 등 아비투스에 따라 화자의 메시지는 다른 내용과 수준으로 수용될 수 있기 때문이다. 이런 원리는 선거 토론에도 유추 적용해 볼 수 있다.

선거 입후보자들의 토론에서는 청중이 어떤 정념의 영향을 가장 많이 받을까. 아마 분노, 두려움, 신뢰가 아닐까. 대개 "우리의 행위에 반대하는 사람들에 대해, 혹은 우리의 행위를 지지하지 않거나 일정한 방식으로 우리의 욕망을 방해하는 사람들에 대해서 분노를 느끼게 된다." 또 한편으론 "분노나 증오에 빠져 있는 사람들이 우리에게 큰 해를 입힐 수 있을 경우에 우리는 그들을 두려워하게 된다." 특히 자신의 이익이 타인의 처분에 맡겨져 있다고 느끼는 사람들은 더욱 두려움을 느낄 것이다.

반면에 "두려워할 만한 것들이 멀리 있거나, 우리를 구해줄 수 있는 일이 가까이 있다는 사실은 안도감을 준다." 신뢰는 분노나 두려움의 대립 항이다. 그렇다면 청중은 분노나 두려움을 일으키는 화자를 거부하고 자신에게 안도감과 희망을 갖게 해주는 화자에게 신뢰를 보내게 될 것이다.

이와 같은 청중 정념의 특성을 감안한다면, 선거 토론에서 승자가 되기 위해서는 자신의 경쟁자에게 청중이 최대한 분노와 두려움을 느끼도록 공박하는 질문을 던지고, 자신은 청중이 안도감과 신뢰를 느끼도록 하는 답변과 해명에 주력해야 하리라.

입후보한 토론자들은 수사학의 원리를 알든 모르든 간에 본능적으로 이런 원칙에 부분적으로는 충실한 듯싶다. 각자 상대방을 흠집 내는 온갖 수사를 잘 퍼부어 대는 것을 보면. 문제는 이들이 각자의 신조와 정강에 따라 제기하는 안보, 일자리, 복지, 교육, 안전, 양성평등의 정책 이슈들이 청중, 즉 국민에게 얼마나 소구력이 있으며 신뢰할 수 있느냐이다.

국민의 분노와 두려움의 실체가 무엇인지 간파하고 이에 응답하는 이가 토론에 승리할 것이다. 특히 국민에게 미래에 대한 희망과 안도감을 주는 이가 신뢰와 지지를 받을 것이다. 하나 지지율을 높이기 위한 거짓과 위장하는 말의 성찬에 현혹되지 말자. 변덕 심한 그들의 말보다 정책 이슈에 대한 과거 행동과 메시지를 살펴보라. 진정한 신뢰는 화자의 총체적인 에토스(ethos)에서 나온다.

추천 고전

- 아리스토텔레스, 《수사학/시학》, 천병희 옮김, 숲(2017).
- 아리스토텔레스, 《수사학》, 이종오 옮김, 숲(2015).

촛불광장에서 촛불경선하자?

욕망과 분노에 휘둘리는 인간은 야수보다 무섭다.

대통령 선거에 나설 후보자를 뽑는 당내 경선 방식을 둘러싸고 야당 정가가 뜨겁다. 모두 '촛불민심의 승리'에 따라 대통령 선거가 조기 실시된다는 것을 기정사실로 보는 듯하다. 하지만 헌법재판소의 탄핵심판 결정이 나오기 전까지 어떤 예단에 의한 정략도 적절치 못한 때다. 차분히 되돌아보라. 촛불민심과 태극기민심은 현재진행형이 아닌가. 더구나 각각이 대변하는 민심(public sentiment)이 아무리 중요한들 이성적 법치주의를 대체해선 안 된다. 민심은 이성보다 감성에 더 영향을 받기 때문이다.

우리가 민심을 잘 대변한다고 믿는 정치체제는 민주정이다. 그런데 누가 그 민심을 대표하여 다스릴 것인가. 그것이 아테네인들이 민주정을 창안하고 실행하면서 맞닥뜨린 최고의 난제였다. 아테네 민주정의 성공과 좌절의 역사를 다각적으로 분석한 아리스토텔레스(BC 384~322)는 《정치학(politika)》에서 민심의 주체라는 인간의 지배를 경계했다. 그 대신 그는 탈인간적 통치자, 즉 법(nomoi)의 지배의 필요성을 역설했다.

아리스토텔레스는 "법의 지배를 요구하는 자는 다름 아닌 신(theos)과 이성(nous)이 지배하기를 요구하는 것이고, 인간의 지배를 요구하는 자는 거기에 야수적인 요소를 덧붙이는 것"이라고 준별했다. 인간의 본성 그 자체가 짐승과 다를 바 없다는 격하의 의미는 아니다. 그는 인간이 욕망과 분노에 휘둘릴 때 야수적 행태에 빠지는 점을 지적한 것이다.

"욕망(epithymia)은 야수와도 같은 것이고, 분노(thymos)는 통치자들과 가장 훌륭한 인간마저도 오도하기 때문이다. 따라서 법은 욕구(orexis)에서 해방된 이성이라 할 수 있을 것이다." 아리스토텔레스는 신적인 정의감과 분별력, 합리적 이성만이 다수의 민중 위에 군림하는 지배자가 될 자격이 있다고 보았다. 그것은 뒤틀린 욕구에서 해방된 이성, 즉 법이었다.

그가 "시민들 가운데 한 명이 지배하는 것보다 법이 지배하는 것이 더 바람직하다. 또 여러 명이 통치하는 것이 더 바람직하다 해도 그 여러 명은 법의 수호자 겸 하인으로 임명되어야 한다"고 역설한 이유다. 민중은 이성의 총화로 만들어진 법아래 있어야 한다는 의미다.

어떤 야심가는 "촛불민심을 수용하여 촛불광장에서 야당의 대선 공동경선을 하자"고 제안했다. 이는 '욕망'과 '분노'가 넘치는 광장의 민심, 즉 '인간의 지배'를 요구하는 것과 다름없다. 그러니 아리스토텔레스라면 가능성 여부를 떠나 먼저 올바르지 않은 일이라고 개탄하지 않을까.

광장의 민심이 법 위에 있다는 사고는 제자리를 지키는 '이성들'을 모독하는 위장 민주주의다. 대권에 눈이 먼 이들의 어처구니없는 선동에 더 이상 현혹되지 말자.

추천 고전

- 아리스토텔레스, 《정치학》, 천병희 옮김, 숲(2009).

혁명의 광풍 속 의인

광장의 힘을 악용하는 이는 분열과 갈등을 만든다.

고대 그리스의 참혹했던 내전 펠로폰네소스 전쟁(BC 431~404)은 아테네가 스파르타에 항복하면서 끝이 났다. 화려한 문화예술을 꽃피우고 풍요로운 경제를 누리던 아테네의 굴복은 그리스 역사에서 가장 놀라운 사건이었다. 민주정의 타락과 훌륭한 지도자의 부재가 원인이었다. 아테네의 저술가 크세노폰(BC 430?~355?)의 역사서 《헬레니카(Hellenika)》는 당시의 정황을 전한다.

아테네인들에게 국가의 재건과 혁신이 절실했다. 그런데 과두파 혁명이 스파르타 괴뢰정권의 등장을 불렀다. 30인 참주정권이 그것이다. 이들의 우두머리인 크리티아스(BC 460~403)는 스파르타의 효율적인 과두정체를 본받아 아테네의 혁신을 꿈꾼 것 같다. 그러나 그는 스파르타 수비대장의 환심을 산 후 그의 힘을 등에 업고 온갖 못된 짓을 저질렀다.

그나마 혁명의 광풍 속에 의인 한 사람이 있었다. 크리티아스가 민중들로부터 존경받는 사람들을 닥치는 대로 죽이고 무고한 사람들의 재산을 마음대로 몰수하자, 30인 참주 중 한 사람인 테라메네스가 이를 불법한 일이라며 제지하려 했다. 그러나 크리티아스는 아테네를 확실하게 지배하기 위해서는 "자신들을 가장 크게 방해할 수 있는 사람들을 없앨 수밖에 없다"고 반박하며 과두파를 옹호했다.

게다가 그는 내친김에 모든 시민의 평등한 공무담임권을 폐지하고, 자신들에게 동조하는 시민 3000명만 골라 지명하여 공공 행정에 참여할 수 있도록 제한했다. 테라메네스는 이를 개탄했다. "여러분은 통치를 폭력적으로 만들고 동시에 피지배자들보다 그것을 더 약화시키고 있소." 그는 참주 정권이 입맛에 맞는 3000명만을 골라 만든 집단은 대표성이 없을뿐더러 훌륭한 사람들을 배제하여 시민들의 반목과 분열만 더 부추길 수 있다고 본 것이리라.

30인 참주들은 3000명의 광장의 힘을 악용했다. 그는 자신들을 추종하는 이들의 생명과 재산은 확실히 보장하면서 이들의 민심을 등에 업고 원한이나 돈 문제로 많은 사람을 마음대로 죽였다. 결국 크리티아스는 테라메네스마저 과두정을 반대하는 배신자로 몰아 처형했다. 전횡을 저지르던 30인 참주정은 1년도 못 가 민주파의 반란과 숨죽이며 침묵하던 대다수 민중의 궐기로 무너졌다.

나라가 혼란에 빠지면 온갖 야심가들이 판을 친다. 동조하는 세력과 민중의 힘을 규합하고 악용하려는 획책이 난무한다. 요즘 분노만 넘칠 뿐 의인은 보이지 않는다. 적폐의 일소와 혁신을 명분 삼은 '국가 대개조'나 '국가 대청소'가 자칫 또 다른 한풀이로 흘러 국민에게 분열과 갈등의 씨앗을 뿌리지 않을까 걱정이다. 또 편을 가르고 질책과 조언하는 이들을 배척하면 사회통합과 타협은 갈수록 멀어진다.

추천 고전

- 크세노폰, 《헬레니카》, 최자영 옮김, 아카넷(2012).

과감한 혁신이 부른 승리

후발주자의 혁신을 이기는 영원한 강자는 없다.

기원전 6세기에서 4세기 초까지 스파르타의 중무장보병은 그리스 세계에서 천하무적이었다. 그들과 감히 대적하고자 하는 국가들이 없었다. 아테네가 기원전 404년 스파르타에 항복함으로써 펠로폰네소스 전쟁(BC 431~404)은 막을 내렸다. 그 후 30여 년간 스파르타 중무장보병에 맞설 세력은 어디에도 없었다.

하지만 영원한 승자는 없다. 기원전 371년 스파르타는 레우크트라 전투에서 테베와 보이오티아 연합군에 완패한다. 이로써 스파르타의 육상패권은 테베로 넘어갔고, 스파르타는 영구적으로 이류로 떨어진다. 이 전투는 그리스 역사에서 엄청난 전기를 만들었던 것이다. 승리의 주역은 테베의 장군 에파미논다스(BC 420?~362)였다. 아테네의 저술가 크세노폰(BC 430?~355?)은 《헬레니카(Hellenika)》에 당시 상황을 기록했다.

사실 병력수로 보나 과거의 승전 경험으로 보나 1만여 명의 스파르타군이 6000여 명의 테베 연합군을 압도할 것으로 예상됐다. 그런데 테베군은 어떻게 무적의 스파르타군을 물리칠 수 있었을까. 양군의 핵심 전력인 중무장보병의 진형과 운용에서 전세의 판가름이 났다.

에파미논다스는 전투대형과 운용 방식에서 스파르타 방식과 판이한 새로운 진형을 채택했다. 스파르타의 중무장보병은 방패를 맞대며 횡렬로 늘어선 대열을 열두 겹 정도 두는 전통적 사각진이다. 좌익, 우익, 중앙군을 편성하고 일렬로 배치했다. 반면 에파미논다스는 테베의 좌익 중무장보병의 종대를 무려 50명으로 편성했다. 50겹이 하나같이 움직이는 엄청난 대항력은 스파르타의 얇은 진형을 밀어붙일 수 있었다. 나머지 중앙과 우익은 종대를 얇게 편성하고 좌익의 대열보다 뒤로 처지게 해 전체 전투 대열을 사선(斜線)으로 배치했다.

정예병을 좌익에 두껍게 집중 배치해 적의 정예군이 배치된 우익을 압도하도록 하고, 나머지 군은 적의 대열과 거리를 두게 해 시간차 공격이 가능하게 한 것이다. 테베의 낯선 전투대형은 옛 방식에 익숙한 스파르타군을 혼란시키고 패주하게 만들었다. 에파미논다스의 혁신적인 50종대의 방진과 사선 배치 전법은 중무장보병의 전투 효과를 극대화시켰다. 이 방식은 마케도니아의 필리포스 2세와 그의 아들 알렉산드로스 대왕의 팔랑크스(Phalanx) 밀집전투대형에 그대로 전수·응용됐다.

적은 전력으로 다수의 적을 상대하면서 최고의 성과를 낼 수 있는 파격적인 전법을 창안한 것이 승리의 원동력이었다. 전투나 경영, 정치나 선거에서도 승리의 비결은 맥이 통한다. 선두가 늘 성공하는 것은 아니다. 후발주자의 혁신으로 희비가 엇갈릴 수 있다. 구습을 탈피해 혁신적인 방법을 창안하고 도전하는 이가 승리를 얻게 되지 않을까.

추천 고전

- 크세노폰, 《헬레니카》, 최자영 옮김, 아카넷(2012).

테베군이 스파르타군을 격파하고 세운 전투 승전비가 레우크트라 평원에 남아있다. 기단부만 남아있고 상부 조형물은 망실된 상태다.

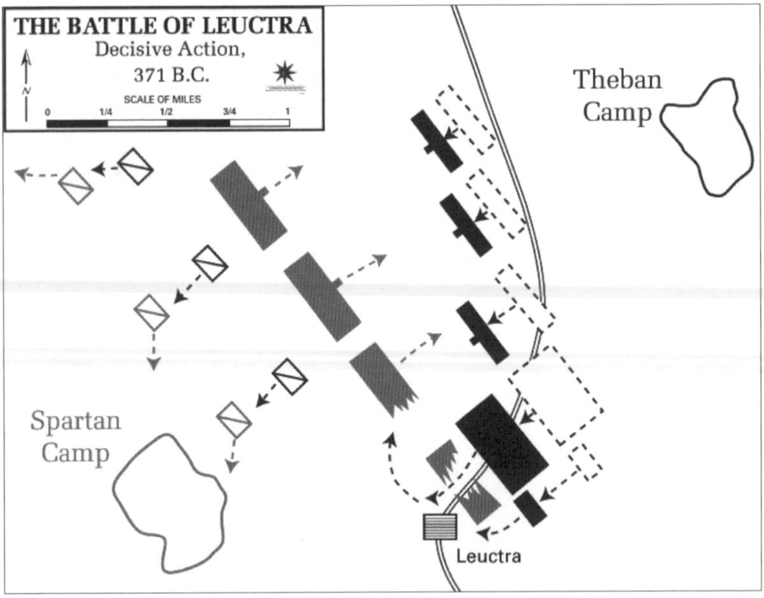

레우크트라 전투 대형도. 키릴 록신(Kirill Lokshin) 2006년. 미국 군사 아카데미.
출처 : https://commons.wikimedia.org/wiki/File:Battle_of_Leuctra,_371_BC_-_Decisive_action.png

국회의원의 교양과 품격

리더는 교양의 화법과 설득의 논리를 갖춰라.

고대 그리스의 데메트리오스(BC 350~?)는 모의 변론을 창안했다고 전해진다. 그는 학생들을 뛰어난 연설가로 만들기 위해 가상의 민회 연설이나 법정 변론의 소재를 만들어 연설 능력을 연마시켰던 것 같다. 로마의 수사학자 쿠인틸리아누스(35?~95?)는 그리스 소피스트들의 교수법을 한층 발전시켜 로마 청년들에게 보다 체계적인 모의 연설 지도법을 만들었다.

장차 원로원 의원이나 공직자 또는 변호사가 되려는 야망을 품은 로마의 청년들은 누구나 연설술을 익히려 했다. 쿠인틸리아누스는 역저 《연설가 교육》에서 당시 로마의 잘못된 연설가들의 사례를 경계하면서 올바른 연설의 형식과 방법을 설계했다. 먼저 그는 어떤 연설이든 설득력을 갖기 위해 연설가에게 첫 번째로 요구되는 덕목으로 교양과 품격을 갖출 것을 제시했다.

교양이 없는 화자(話者)는 폭언을 노골적으로 빈번하게 터뜨린다는 것이다. 이들은 "폭언은 자유를, 조잡은 강력함을, 과대는 풍부함"이라 오판한다. 또 체계적인 심문과 논증을 피하고 "천한 즐거움이나, 청중의 귀에 듣기 좋은 것 외에는 어떤 것도 찾지 않는다"는 것이다. 이런 사람들에게서 교양 있는 언사는 찾아보기 힘들고 논리는 실종되고 무례함만 넘친다.

쿠인틸리아누스는 "교양 없는 화자가 강력하다 함은 차라리 폭력"이라고 단언한다. 그의 관점으로 본다면 요즘 탄핵 정국의 국회는 한마디로 교양 없는 국회의원들이 합법적으로 벌이는 '폭력'의 마당이 아닐까 싶을 정도다. 그들은 국무위원이나 반대 의견을 가진 동료 국회의원들에게 고함을 지르고 삿대질하는 일을 예사로 한다. 또 저급한 어휘와 논리 비약, 과장과 단정, 낙인과 억지 주장을 폭포수처럼 쏟아낸다. 후안무치(厚顔無恥)다.

국무위원들과의 질의답변 내용과 행태를 보면 그 오만함에 기가 찰 정도다. 편향과 오류가 가득한 질문을 소나기처럼 퍼붓곤 정작 답변은 가로막는다. 답변을 통해 자신의 무지와 오류가 드러날 것이 두렵기 때문이리라. 실은 검증되지 않은 자신의 주장만 속기록에 남기길 바라는 모양이다.

국회의원들의 이런 저열한 레토릭은 관행이 된 지 오래다. 심각한 고질병이다. 대리인 이론에 의하면 질의하는 의원이나 답변하는 장관은 모두 동등한 국민의 공복이다. 국정의 집행자이든 감시자이든 모두 대리인에 불과하다는 점을 잊지 마시길.

학식과 교양, 품격이 넘치는 지성들의 불꽃 튀는 대결, 몰상식한 선동적 연설 대신 치밀한 논리와 증거에 따라 설득력 있게 연설하는 국회의원들이 넘치는 국회의 모습을 우리는 언제 볼 수 있을까. 국회의원이 되려는 사람은 의분에 앞서 학식을 쌓고 교양 있는 화법과 논리적 설득의 기술부터 배웠으면 좋겠다.

추천 고전

- 퀸틸리아누스, 《스피치 교육》, 전영우 옮김, 민지사(2014).

복종을 얻는 법

복종을 얻어내는 것도 리더의 역량이다.

고대 아테네는 기원전 5세기 초에 페르시아 전쟁에서 기사회생한 이후 50여 년 동안 황금기를 누렸다. 아테네는 200여개의 그리스 도시국가 가운데 제국으로 불릴 만큼 정치 경제 교육 문화 등 모든 영역에서 리더 국가였다. 이 시대 통치자들의 리더십은 훌륭했고, 시민들은 자유와 민주주의를 구가하며 그들의 지도에 흔쾌히 따랐다. 자연히 시민 사이에 상호 협력과 우애도 높았다.

그런데 황금기를 지나면서 스파르타는 욱일승천했지만 아테네는 왕년의 미덕을 잃고 쇠퇴하기 시작했다. 크세노폰(BC 430?~355?)의 《회상(Memorabilia)》은 소크라테스(BC 470~399)와 대(大) 페리클레스(BC 495?~429)의 아들 소(小) 페리클레스의 대담을 통해 5세기 말의 영락해 가는 아테네의 모습을 보여준다.

페리클레스의 한탄이다. "아테네인들은 자신의 부친을 비롯하여 노인을 멸시합니다. 아테네인들은 언제쯤 스파르타인처럼 통치자에게 잘 복종할까요. 아테네인들은 통치자를 멸시하는 데 자만심을 느끼고 있습니다. 아테네인들은 서로의 이익을 위해 협조하기는커녕 외부 사람을 대하는 것보다도 더 거만하게 모욕하고 질투하며, 그중에서도 특히 사적인 혹은 공적인 집회에서는 이의만을 제기합니다." 그는 고발이 남발되고 서로에게 해를 입힘으로써 이익을 취하려는 풍조가 만연한 것도 개탄한다.

"허다한 폐해와 화근이 국가에 뿌리를 박고 적의와 증오는 국민 상호 간에 심하게 발생했습니다. 그래서 나는 항상 견딜 수 없는 큰 재액이 곧 국가에 닥치지나 않을까 몹시 우려하고 있습니다." 어쩐지 당시 아테네 풍조가 지금 총체적 난국에 빠진 우리 상황과 빼닮아 보여 걱정이다.

페리클레스는 스파르타 군대의 엄격한 규율과 훈련, 그리고 통치자에 복종하는 문화를 부러워하며 어떻게 하면 아테네도 그와 같은 아름다운 복종의 미덕을 부활시킬 수 있을 것인가 소크라테스에게 자문을 구했다.

소크라테스는 우선 아테네인들을 훌륭한 전사로 훈련시키는 것은 불가능하지 않다고 말했다. 훈육과 복종을 바로 세우는 일은 병사보다 유능한 지휘관에 달려 있다고 조언했다. 장군학을 폭넓게 연구하고 익혀 능숙하게 지휘한다면 능히 부하들의 복종을 얻어낼 수 있다는 것이다.

하지만 그 후 아테네인들의 노력은 신통치 않았던 모양이다. 페리클레스의 근심은 곧 현실이 되었다. 그는 기원전 406년 아르기누사이 해전에서 승전을 거둔 장군이었지만 억울한 누명을 쓴 채 민회의 불법적 결정에 따라 처형당했다. 또 아테네는 2년 후 스파르타에 항복했고 공황에 빠졌다.

국가적 위기와 혼돈을 겪고 있는 우리에게, 자발적 복종을 얻는 게 리더의 역량에 달려 있다는 소크라테스의 평범한 말이 와 닿는 때다.

추천 고전

- 크세노폰, 《소크라테스 회상록》, 천병희 옮김, 숲(2018).
- 크세노폰, 《소크라테스 회상》, 최혁순 옮김, 숲(20107).
- 크세노폰, 《헬레니카》, 최자영 옮김, 아카넷(2012).

사령관을 판 배신의 대가

불운에 처했을 때 그 사람의 가치가 드러난다.

'호랑이 없는 골에 토끼가 왕 노릇한다'는 속담이 있다. 기원전 323년 그리스 최고의 영웅 알렉산드로스(BC 356~323) 대왕이 33세 꽃다운 나이로 서거하자 꼭 그런 형국이 됐다. 대왕이 건설한 대제국의 지배자를 노린 부하 장군들은 왕을 칭하고 치열한 내전을 벌였다. 대왕이 생전에 후계자를 지명해 놓지 않은 탓이다.

마케도니아 출신 장군들은 대왕의 왕실 가문을 무시하고 자기 군대와 영토를 키우기에 골몰했다. 오히려 왕실에 충성을 다하겠다는 사람은 외국인 장군 에우메네스(BC 362~316)였다. 그는 생전의 알렉산드로스로부터 깊은 신임을 받았던 측근이었다. 그는 온유한 성격이었지만 군사 전략과 리더십이 뛰어난 장수로 존경을 받았다.

그는 소아시아 지역을 차지하고 왕실을 무시하던 야심가 안티고노스(BC 382~301)와 맞섰다. 안티고노스는 왕실에 충성 서약을 한 에우메네스를 눈엣가시로 여기고 죽이려 했다. 그러나 에우메네스는 전투마다 승리했다. 그 과정에서 존경받는 명장이자 옛 친구였던 크라테로스(BC 370?~321)를 죽게 했다. 에우메네스는 진심으로 슬퍼했지만 그 승리로 마케도니아인들이 주력인 자신의 군대와 적 모두에게서 미움을 샀다.

사령관 에우메네스를 따르는 군대는 알렉산드로스 대왕과 동고동락하던 최고의 정예 은방패 부대였다. 그들은 60세 미만 병사가 한 명도 없었지만 무패를 자랑하는 백전노장들이었다. 그들은 아들뻘 되는 안티고노스 보병들을 패퇴시켰다. 큰 승리였다. 그런데 적 기병의 기습을 받아 후방의 군량과 물자를 모두 빼앗겼다.

전리품이야 전투에서 이기면 다시 얻을 수 있을 터. 그러나 사나흘 배를 주린 병사들은 사령관 몰래 안티고노스에게 사절을 보내 군량과 물자를 돌려 달라고 요구했다. 이에 안티고노스는 사령관을 사로잡아 넘겨주면 군량을 주겠노라고 현혹했다. 동요한 군사들은 사령관을 기습적으로 사로잡았다. 에우메네스는 사령관을 재물과 바꾸려는 마케도니아 병사들의 비겁함을 꾸짖었다. 그리고 적의 진영에서 죽으면 세상 사람들이 여러분을 탓할 것이라며 차라리 자기를 죽여 달라고 호소했다. 하지만 병사들은 사령관 에우메네스를 적장 안티고노스에게 바쳐 사형 당하게 했다.

그 후 에우메네스 부대 장졸들은 약속대로 풍족한 군량을 지급받고 처자식을 만날 것으로 기대했다. 그러나 안티고노스는 그들을 "자신의 사령관을 배신한 흉측한 놈들"이라며 모조리 죽였다. 무적의 전사였던 그들은 식량과 물욕 때문에 스스로를 패자로 만들고 목숨마저 잃었다.

"고귀하고 확고한 정신은 재난과 불운에 처했을 때에도 참고 이겨낼 때, 그 가치가 나타나는 법이다." 플루타르코스(46?~120?)가 《영웅전》에서 전한 이야기와 유사한 사례를 오늘날 흔히 보면서 마음이 씁쓸하다.

추천 고전

- 플루타르코스, 《플루타르코스 영웅전 Ⅱ》, 홍사중 옮김, 동서문화사(2007).

에게 해의 델로스 섬에 남아 있는 안티고노스 스토아 유적이다. 안티고노스가 그리스의 중심으로 여겨지던 델로스 섬에 자신을 기리는 회랑을 지었다는 것은 자신이 알렉산드로스의 유지를 받드는 적통 후계자임을 과시하려는 의도였을 것으로 보인다.
안티고노스는 간교한 계략을 써서 에우메네스를 제거했지만, 그는 마케도니아 노병들이 기아로 인내심을 잃고 상관을 배신할 것이라는 심리적 허점을 꿰뚫어 본 셈이다.
안티고노스는 알렉산드로스 사후 분할지배를 꾀하는 셀레우코스, 프톨레마이오스에 대항에 제국의 통일을 유지하려 애썼다. 아들 데메트리오스와 함께 스스로 왕을 칭하고 안티고노스 왕조(BC 306~BC 168)를 창건하여 마케도니아와 그리스 본토, 소아시아, 메소포타미아를 지배했다.

통치자의 재산관리법

당당하려거든 부정한 재물을 탐하지 말라.

절대 권력자가 탐욕을 부리면 얼마든지 축재할 수 있다. 감히 제동을 걸 이들이 없기 때문이다. 아테네 민주정이 융성할 때의 지도자 페리클레스(BC 495?~429)에게도 그런 기회는 많았다. 그는 1년 임기로 선출하는 장군의 직위에 15년 동안 해마다 취임할 정도로 사실상 제일인자였다. 플루타르코스(46?~120?)가 그를 두고 《영웅전》에서 "권력에서 왕들과 참주들을 능가했다"고 묘사했을 정도다.

그러나 절대 권력을 누린 페리클레스는 뇌물에 무관심했고 자신의 임기 동안 재물에 오염되지 않도록 각별히 유의했다. 그는 제국의 기금으로 파르테논 신전을 건축하는 등 도시를 아름답게 치장하는 각종 공공사업을 크게 벌였다. 또 시민의 부와 행복을 증진하는 일에 매진

했지만 공금을 착복하거나 뇌물을 받지 않았다. 그런 탓에 그의 재산은 아버지가 물려준 상태에서 한 푼도 늘어나지 않았다.

물론 그 역시 한 가정을 책임진 가장이니 돈벌이에 전혀 관심이 없었던 것은 아니었다. 하나 부친으로부터 물려받은 정당한 재산을 허투루 관리해 날리고 싶지는 않았다. 그렇다고 공무로 바쁜데 재산 관리에 시간을 빼앗기는 것도 싫어서 특별한 방법을 고안했다. 그는 자신의 농장에서 나오는 소출을 몽땅 판 다음 살림에 필요한 것들은 시장에서 그때그때 구입했다. 가족들에게도 한꺼번에 많은 돈을 주지 않고 하루분의 생활비만 주어 쓰고 남는 것이 없도록 했다. 자연히 여윳돈 없이 수입과 지출이 딱 맞아떨어질 수밖에 없었다.

물론 페리클레스가 가정의 재무 관리에 철저할 수 있었던 것은 한 하인이 꼼꼼하게 살림을 꾸려 나갔기 때문에 가능했다. 그는 페리클레스에게 특별한 훈련과 지시를 받았을 것이다. 아무튼 돈을 조금씩밖에 주지 않는 아버지의 꼼꼼함에 가족들은 불평이 많았다. 특히 낭비벽이 심했던 큰아들 크산팁포스와 부잣집 태생인 맏며느리의 불만이 심했다.

한번은 큰아들이 아버지의 친구에게 아버지의 지시라고 속여 돈을 빌려 쓴 후 갚지 않았다. 나중에 그 채권자가 페리클레스에게 대신 빚을 갚을 것을 요구하자, 페리클레스는 빚을 갚기는커녕 그를 상대로 소송을 제기했다. 이 사건 이후 큰아들은 동네방네 아버지를 욕하고 다녔다. 심지어 아버지가 제 아내와 정을 통했다고 중상했을 정도다. 이런 부자간의 불화는 아들이 역병으로 죽을 때까지 해소되지 않았다. 이렇듯 페리클레스는 재물에 대한 결벽증으로 인해 가정불화까지 감내해야만 했다.

민중의 교만과 오판을 꾸짖을 수 있었던 페리클레스의 힘은 바로 그의 청렴하고 고결한 정신에서 나온 게 아닐까. 대통령이 되겠다는 사람들에게 뇌물수수와 공금 유용의 범죄 전력이 수두룩하니 부정부패 전과자에게 권력을 쥐여 주면 어찌 될까.

추천 고전

- 플루타르코스, 《플루타르코스 영웅전》, 천병희 옮김, 숲(2010).
- 플루타르코스, 《플루타르코스 영웅전 Ⅰ》, 홍사중 옮김, 동서문화사(2007).

반역 모의한 아들을 죽인 집정관

자식의 목숨보다 공화정의 수호가 더 중요하다.

'피는 물보다 진하다'는 말이 있듯, 많은 인연 가운데 혈연의 끈이 더 질긴 것은 인지상정이다. 그럼에도 플루타르코스(46?~120?)가 《영웅전》에서 전하는 로마 공화정 초기의 집정관 브루투스의 사례는 혈연에 얽매이지 않는 통치자의 모범을 보여 준다.

기원전 6세기 초 무렵이다. 로마가 오만하고 전횡을 일삼던 타르퀴니우스 왕을 몰아내고 공화정을 수립한 지 얼마 되지 않은 때였다. 외지로 쫓겨난 타르퀴니우스는 왕위를 되찾으려고 호시탐탐 기회를 노렸다. 그는 귀족을 포섭하여 반정의 여건을 만드는데 주력했다. 결국 그의 줄기찬 모략에 넘어간 일부 귀족 가문의 청년들이 서로 내통하여 로마의 집정관 두 명을 척살하고 공화정을 전복하려는 모의를 했다. 우연히 이 모의를 엿듣게 된 노예의 고변으로 반역 모의 일당은 공회장으로 잡혀 왔다. 내통하던 편지 등으로 증거는 확실했다.

반역은 미수에 그쳤지만 폭군의 왕정에 진저리를 치던 로마인들은 어렵사리 세운 로마 공화정을 붕괴시키려는 시도에 경악했다. 더욱 놀랍게도 반역 모의자들 가운데 집정관 브루투스의 아들 두 명과 또 다른 집정관 콜라티누스의 인척뻘 되는 청년들이 포함되어 있었다. 심문을 지켜본 시민들은 브루투스를 동정하여 두 아들을 추방하자고 제안했고, 콜라티누스는 브루투스의 불운에 눈물을 흘렸다. 자연스레 반역 모의자들에게 온정적 처분이 내려질 분위기가 조성되었다.

그러나 브루투스는 두 아들에게 어떤 변명도 할 수 없느냐 세 번이나 물은 뒤 그래도 그들이 아무런 대답을 하지 못하자 형리에게 법대로 처리하도록 지시했다. 브루투스는 형리들이 두 아들을 심하게 매질한 후 도끼로 목을 자를 때까지 눈 하나 깜짝하지 않고 지켜보고, 나머지 죄인들의 처분은 집정관 콜라티누스에게 일임한 후 자리를 떠났다. 공회장에 전율과 경악의 침묵이 흘렀다. 콜라티누스가 나머지 청년들에게 변명할 기회를 주고 집회를 해산하려 하자 군중은 자식이 처형되도록 한 브루투스의 예를 들며 나머지 공공의 적들도 사형시키라고 요구했다. 결국 반역 모의자 전원은 사형에 처해졌다.

플루타르코스는 브루투스의 이 냉혹한 행위를 "신의 행동 아니면 짐승의 행동"이라고 의문하면서도 아들을 먼저 보내는 참척의 슬픔을 초월한 고귀한 행동을 칭송했다. 그가 "로마인들이 로물루스가 로마를 창건한 것보다 브루투스가 로마 공화정의 기틀을 확립하고 공고히 한 것을 더 위대하다고 평가한다"고 한 이유다.

공공의 적이 된 자식과 혈연의 연까지 끊으라는 것은 아니다. 자식의 병역 기피, 취업 비리, 입시 부정 의혹마저도 나 몰라라 감싸는 대선 후보들이나 사회지도층을 보면 국민을 좌절시키고 나라의 근간을 흔드는 일이 먼 데 있는 게 아닌 듯싶다.

추천 고전

- 플루타르코스, 《플루타르코스 영웅전 Ⅱ》, 홍사중 옮김, 동서문화사(2007).

부르투스는 타르퀴니우스 왕을 몰아내고 공화정을 수립한 최고의 영웅으로 존경받는다. 그의 얼굴에서 지도자의 기품과 엄격함이 느껴진다. 루시우스 주니어스 부르투스(Lucius Junius Brutus, ?~?)의 흉상. AD 2세기경. 사진 Marie-Lan Nguyen(2011). 나폴리 국립고고학 박물관.
출처: https://commons.wikimedia.org/wiki/File:Lucius_Junius_Brutus_MAN_Napoli_Inv6178.jpg

공약의 유용성과 실현가능성

어느 사업이든 유용하고 실현가능해야 한다.

선거 때만 되면 입후보자들의 기발하고 허황된 공약들이 남발된다. 지지율을 올리기에 초조한 후보가 선거를 코앞에 두고 무슨 약속인들 못할까. 이럴 때일수록 국민들이 냉정해져야 한다. 우리는 이들의 공약이 진실한지 허구적인지 철저하게 검증해야 한다.

로마의 철학자 키케로(BC 106~43)는 《수사학》에서 공직자나 공직에 출마하는 사람들이 애용하는 정책 연설의 바람직한 모델을 제시했다. 그가 도출한 정책 연설이 갖춰야 할 중요 요소는 공약의 진실성 여부를 검증하는 준거로 쓸 수 있을 법하다.

키케로는 정책 연설은 어떤 일이 꼭 필요한지 아닌지, 어떤 일이 실현 가능한지 아닌지, 즉 유용성과 실현가능성에 초점을 맞춰야 한다고 강조했다. 이는 현대 정책학에서 정책을 입안할 때 '사회적 바람직성(social desirability)'과 '실현가능성(feasibility)'을 중시하고 있는 맥락과 그대로 일치된다. 일찍이 정부 정책의 요체를 간파한 키케로의 통찰이 놀랍지 않은가. 그는 이를 토대로 정책의 필요성을 검토할 때 그것이 얼마나 중요한지까지 따져보아야 한다고 덧붙이고 있다.

아무리 그 사회에 요긴하고 바람직한 정책이라도 실현 불가능하다면 착수될 수도 없는 법. 키케로는 실현가능성을 담보하기 위해 먼저 어떻게 실행할 것인지 고려해야 할 요인들을 망라하여 제시하고 있다. "누구와 함께 할 것인지, 반대자가 누구인지, 언제 실행할 것인지, 어디에서 할 것인지, 어떤 무기를 사용할 것인지, 재원은 어떻게 마련할 것인지, 누구를 우군으로 삼을 것인지, 일의 실행과 관련해서 어떤 것을 활용할 수 있는지를 검토해야 한다"는 것이다. 키케로는 정책 실행 과정의 난점들을 정확히 간파하고 있다. 현대 정책학자들을 경각시키는 유용한 대목이다.

으레 선거 때면 등장하는 우리나라 후보들의 졸속 정책 공약들을 키케로의 심도 있는 검증 기준으로 비추어보면 얼굴이 화끈거린다. 우리는 정책의 실현가능성에 대한 총체적인 분석은커녕 겨우 공약들의 재원 조달 가능성에 대해 갑론을박하는 수준이다. 그 마저도 구체적인 재원 조달 방안을 아예 결여한 경우가 태반이어서 검증 자체가 불가능한 실정이다. 앞 다투어 내놓는 터무니없는 일자리 공약과 복지 공약들이 대표적인 예다.

기본적인 정책 공약의 요건을 갖추지 못한 공약(空約) 연설을 일방적으로 들어야하는 국민들의 처지가 딱하다. 이는 정책의 유용성과 실현가능성을 조리 있게 제시하고 설득하려는 연설이 아니라 국민을 우롱하고 현혹하는 교묘한 말잔치에 불과하기 때문이다. 이런 허무맹랑한 공약들은 “유용하지 않다면 실행하지 못하게 해야 하고, 실현 불가능하다면 착수되지 못하도록 해야”한다. 국민들의 날카로운 비판과 표의 심판이 필요하다.

추천 고전

• 키케로, 《수사학》, 안재원 옮김, 길(2005).

'진짜 사나이' 헨리 이병과 아테네 전사 소크라테스

극기에 실패하는 병사는 적을 이길 수 없다.

필자가 유일하게 자주 보는 TV 프로그램은 '진짜 사나이'다. 이것도 직업의식의 발로인지 모른다. 국방부 자체평가위원으로 활동한 지 올해로 10년째다. 2005년엔 이라크 자이툰 부대를 다녀오기도 했다. 육·해·공군의 주요한 국방의 일선을 숱하게 방문해 봤다. 어느 곳을 가나 우리 장병의 늠름하고 소임을 다하는 멋진 모습에 늘 감사하고 자랑스럽게 생각한다.

방송이든 밖이든 군의 활동 모습에 저절로 눈길이 가는 게 습관이 됐다. '진짜 사나이'는 우리 장병의 일상을 생생하게 보여주며 국민의 사랑을 받고 있다. '진짜 사나이' 출연자들은 한시적 군인이지만, '진짜' 군인과 고락을 함께하며 서로에게 감동과 자극을 준다. 또 군에 대한 긍정적 인식도 높인다.

최근 '별에서 온' 헨리 이병의 좌충우돌이 흥미를 더해 준다. 그는 음악적 끼가 넘치고 생기발랄하며 순수하다. 경직된 군대 문화와 그의 리듬감은 늘 부딪친다. 언제 어디로 튈지 모르는 불안감이 보는 사람의 시선을 붙잡는다. 그의 진정성 넘치는 행동이 웃음과 감동을 배가시킨다.

그가 훈련병을 거쳐 자대 보직 수행과정에서 가장 힘겨워하는 부분은 뭘까? 낯선 규칙에 대한 부적응, 강인한 정신력과 체력이 요구되는 힘든 훈련들이다. "이병 헨리"를 잠꼬대하는 것도 당연하다. 이런 가혹한 훈련은 '진짜' 병사들이 군 생활 내내 겪는 고충의 일면이다.

군대 생활은 끈기와 지구력을 요구한다. 자유로운 개성의 발산은 절제시킨다. 작은 것 하나로도 흐트러질 수 있는 집단의 규율을 유지하기 위해서다. 규정화된 절차와 일체화된 행동은 유사시 임무를 안전하고 효율적으로 완수하게 해준다. 자유로운 사회생활에 젖어 있던 병사들이 적응하기 힘든 건 당연하다.

고대부터 인내심은 강인한 전사에게 요구된 덕목 중의 하나다. 고대 아테네에서는 18세부터 55세까지 전투 때마다 군대에 소집됐다. 시민권을 가진 사람은 누구나 전사가 돼 자유를 수호해야 했다. 철학자 소크라테스도 예외는 아니었다. '진짜 사나이' 40대 서경석 상병도 50대가 넘어서도 수시로 전투에 참가했던 소크라테스에 비하면 애송이 병사다.

플라톤의 저서 《향연》을 보라. 소크라테스는 나약한 샌님 철학자가 아니었다. 그는 지독한 인내심과 용맹으로 무장한 중장보병이었다. 매서운 한겨울에 전쟁터에 나가 다른 병사들이 다리를 양털로 싸맬 때 소크라테스는 맨발로 얼음 속을, 구두를 신은 다른 사람보다도 더 아무렇지도 않게 걸어 다녔다. 이런 인내심이라면 무엇인들 견디지 못했으랴.

싸워서 이길 수 있는 강인한 전사가 되기 위해선 혹독한 훈련을 이겨내야 한다. 겨울 계곡의 얼음을 깨고 들어가는 것도 혹한기를 버티는 생존 훈련의 일환이다. 헨리 이병과 '진짜 사나이'들은 처음 접하는 가혹한 훈련에 힘들어한다. 하지만 나약한 자신을 이겨내야 전사가 된다. 전군의 수많은 '헨리 이병'들이여. 모든 것을 인내하라. 극기에 실패하는 병사는 적을 이길 수 없다.

추천 고전

• 플라톤, 《소크라테스의 변론 크리톤 파이돈 향연》, 천병희 옮김, 숲(2012).

'악마 조교' 천정명과 고대 아테네 군 조교

평시의 냉혹한 단련이 유사시 생명을 구하고 승리를 이끈다.

모 TV 방송 프로그램 '진짜 사나이'에 천정명 이병이 합류했다. 현역 시절 '악마 조교'로 이름을 날린 천정명과 선임들의 첫 만남의 자리에서 맞선임 박형식 일병이 시선을 피해서 웃음을 샀다. '각 잡힌 베레모'를 쓴 천정명의 이병답지 않은 여유 만만한 표정에서 왕년의 '악마 조교'의 카리스마가 절로 묻어났다. '베레모 각 잡기'마저 선임들이 따라할 기세다.

천정명은 왜 '악마 조교'로 불렸을까? 그는 연예인 시절 특유의 부드러움으로 훈남으로 불리지 않았던가. 훈남 천정명이 '악마 조교'가 된 건 연예인이 제대로 군 생활을 해낼 수 있을까 하는 장병들의 의문의 시선을 이겨내기 위해 모범을 보이려는 극기의 결과였을 것 같다.

그는 부드러움 대신 냉혹한 'FM(Field Manual · 야전교범) 조교'를 택했던 셈이다.

훈련병 입장에서 보면 모든 조교는 '악마'로 보일 수 있다. 특히 '빨간 모자'의 유격조교는 유격 훈련병에게 '저승사자 조교'로 공포의 대상이다. 훈련병이 적당히 요령을 피우고 싶을 때, 대충 편한 방법으로 넘어가려 할 때 조교의 날카로운 지적과 얼차려가 날아온다. 가장 정확한 동작과 방법, 절차대로 훈련을 수행할 때 훈련병의 안전을 보장함은 물론 훈련의 목적을 가장 효과적으로 달성시켜 준다. 조교는 정확한 교범이 몸에 배인 숙달된 병사다. 각 방면의 달인인 셈이다. 조교는 시범과 감독을 통해 훈련병을 단련시켜 실전에서 이기는 병사의 역량을 만들어내는 게 임무다. 모든 조교가 'FM 조교' '악마 조교'가 돼야만 하는 이유다.

고대 그리스에도 '악마 조교'가 있었다. 아테네에선 18세가 넘으면 입대해 2년간 혹독한 군사훈련을 받았다. 이들 훈련병을 에페보스(Ephebos)라 불렀다. 전사의 체력단련은 기본 덕목이었다. 체육 교관인 파이도트리베스(Paidotribes)는 훈련병들에게 공포의 대상이었다. 그들은 '빨간 모자'가 아니라 위엄과 공포의 자아내는 '자주색 망토'를 입었다. 파이도트리베스는 단순 얼차려가 아니라 체벌을 했다. 훈련병들이 말을 잘 듣지 않거나 기술이 서투르면 끝이 두 갈래로 갈라진 긴 막대기를 가차 없이 휘둘렀다. 끝이 갈라진 탓에 큰 충격을 주지 않았지만 정신이 번쩍 들게 하는 데 제격이었다.

병사들의 기본 전술, 활쏘기, 창던지기 등 실전 훈련은 특별 조교

호플로마키아(Hoplomachia)가 맡았다. 이들은 훈련병들을 강한 전사를 만드는 데 중요한 역할을 했다. 생명을 건 전투 기술을 가르치는 책무를 다하기 위해 '저승사자 조교'가 됐으리라. 이들의 조련을 거쳐 그리스 청년들은 비로소 막강한 중장보병 호플리테스(Hoplites)가 될 수 있었다. 또 2년 과정의 지옥훈련 과정을 거쳐야 국가로부터 정식으로 둥근 방패와 창을 수여받고 현역 병사가 될 수 있었다.

대한의 병사들이여, '악마 조교'의 냉혹한 훈련을 이겨내라. 그러면 유사시 전투에서 여러분의 생명을 구해준 '천사 조교'로 기억될 것이다.

추천 고전

- 아리스토텔레스·크세노폰 외, 《고대 그리스정치사 사료》, 최자영·최혜영 옮김, 신서원(2002).

고대 스파르타 전사의 무덤 부조이다. 아버지와 아들 또는 스승과 제자의 모습일 것으로 추정된다. 나이든 이가 뱀에게 헌주하고 있고, 청년이 이를 지켜보고 있다. 이는 스파르타 청년이 용감하게 싸우다 전사한 것을 추모하며 불사(不死)의 영웅이 되었다는 것을 상징하는 것으로 보인다. 그리스 청년들은 누구나 전쟁터에 나가 탁월한 전사가 되기를 열망하며 군사 훈련을 받았다. 특히 영웅이 되고자 하는 바람은 힘든 군사 훈련을 이겨내게 하는 동력의 하나이기도 했을 것이다. BC 3세기경 스파르타 제작. 스파르타 고고학 박물관.

3. 나는 자유인인가

⇦ (사진설명)

빛과 이성의 신 아폴론의 모습이다. 올림피아 성역에 모셔진 제우스 신전의 서쪽 박공에 새겨진 조각이다. BC 470~456년경. 올림피아 국립 고고학 박물관.

자유냐 굴종이냐

평화를 원하거든 자유를 갈망하게 하라.

동양과 서양은 페르시아 전쟁을 통해 최초로 격돌했다. 기원전 492년부터 기원전 448년까지 지속된 페르시아의 침공에 대항해 그리스는 각 도시국가가 연합해 항전과 축출을 위한 치열한 전투를 벌였다. 헤로도토스(BC 484?~425?)는 인류 최초의 역사서 《역사》에 이 위대한 행적을 기록했다.

소아시아의 그리스 도시국가들은 페르시아의 압제와 가혹한 징세에 반발해 반란을 일으켰다. 그리스 본토의 아테네와 에레트리아가 지원군을 보냈지만 페르시아에 진압된다. 이를 기화로 페르시아의 다레이오스 왕(재위 BC 522~486)은 그리스 전체를 정복하기 위해 전쟁을 시작했던 것이다.

전쟁이 초래된 원인뿐 아니라 전쟁의 경과와 승패를 가름한 요인에서 후세는 역사의 교훈을 얻는다. 세 차례의 페르시아 전쟁에서 나타난 페르시아 대군과 그리스 연합군 진영의 군세 차이는 현격했다. 페르시아의 기병과 함선의 압도적인 양적 우위 또한 양군 사이의 비대칭 전력의 대표적인 예다.

페르시아는 가공할 군사력을 과시하며 그리스 전 도시국가들에 항복의 표시로 흙과 물을 바칠 것을 요구했다. '전쟁이냐 평화냐'를 물으며 내부 분열을 촉진하고 이간시킨 것이다. 고도의 심리전이었다. 애당초 대적이 불가능하다고 판단한 많은 도시국가들은 줄줄이 페르시아 대왕에게 항복했다. 그 대가로 평화를 얻었지만 군대와 전쟁 물자를 바치며 부역해야 했다.

하지만 아테네와 스파르타는 예외였다. 그들은 다레이오스 대왕이 보낸 전령들을 구덩이 속에 던지며 거기서 왕에게 줄 흙과 물을 가져가라고 했다.

항복을 회유하는 페르시아 사령관 휘다르네스에게 응대한 스파르타 전령의 말도 이들의 결기를 웅변한다. "그대는 노예가 된다는 것이 어떤 것인지는 알아도, 자유가 무엇인지는 전혀 경험해 보지 않아 그것이 달콤한지 아닌지 모르신단 말이오. 그대가 자유를 경험했더라면 우리에게 창뿐 아니라 도끼를 들고 자유를 위해 싸우라고 조언했을 것이오."

아테네인과 스파르타인들은 굴종 대신 자유를 선택했다. 그들은 페르시아 신민(臣民)의 노예적 삶보다 헬라스의 자유인이길 원했다.

절대적 열세 전력은 자유를 수호하기 위한 용기와 희생의 정신력으로 맞서 극복했다. 이는 전쟁을 승리로 이끌고 그리스의 평화와 황금기를 일군 원동력이 됐다.

돈으로 산 평화는 취약하다. 국가가 위기에 처했을 땐 '전쟁이냐 평화냐'라며 분열과 공포를 야기하는 감성의 구호보다 '자유냐 굴종이냐'라며 자유 시민의 자긍과 용기를 북돋우는 것이 책임 있는 지도자가 취해야 할 덕목이다.

추천 고전

- 헤로도토스, 《역사》, 천병희 옮김, 숲(2009).

아테네의 자유를 지키기 위해 제2차 페르시아 전쟁 마라톤 전투에서 전사한 192명의 아테네 전사들의 무덤이다. 아테네에서 40여km 떨어진 마라톤 평원 위에 잠들어 있다. 이 전투의 극적인 승리로 아테네는 그리스 '자유의 방파제' 역할을 했다.

'살라미스' 승전비결은 자유의 갈망

자유민으로 남을 것인가, 노예가 될 것인가.

그리스 문명의 황금기는 국난 극복의 진통을 겪고 어렵게 얻은 결실이다. 동방의 대제국 페르시아는 세 차례에 걸쳐 그리스를 침공해 대부분의 국토를 유린하고 약탈했다. 다리우스 1세는 BC 492년에 그리스 동북부 트라키아 지방을 정벌했지만, 아토스 곶에서 폭풍을 만나 많은 함선과 군대를 잃고 스스로 물러갔다. 1차 페르시아 전쟁은 그리스의 전의를 떠본 전초전에 불과했다.

다리우스 1세와 그의 아들 크세르크세스는 대를 이어 그리스 본토의 완전한 정복을 시도했다. BC 490년의 2차, BC 480년의 3차 페르시아 전쟁이 바로 그것이다. 페르시아 대왕은 그리스 도시국가들에 '흙과 물'을 바치라고 요구했다.

이는 곧 페르시아에 굴종해 노예로 전락하는 것을 의미했다. 20만 명이 넘는 육군과 1300여 척에 이르는 대 함대를 거느린 페르시아군의 위용은 대단했다. 1만 명의 대왕의 경호대 '불사의 병사'까지 포함된 그들의 공략은 파죽지세였다. 페르시아 군에 의해 대부분의 그리스 국토가 파괴됐다. 아테네 아크로폴리스의 파르테논 신전과 모든 건물이 불태워지고 보물이 약탈당한 것도 그때였다.

그리스 도시국가들은 속속 페르시아에 굴종하며 군사와 물자를 징발 당했다. 직접 참전한 경우 동족의 병사들에게 창을 겨누는 참담한 상황까지 이르렀다. 하지만 아테네와 스파르타를 비롯한 몇몇 국가들은 굴종 대신 '자유(eleutheria)'를 선택하고 페르시아군에 분연히 맞섰다.

2차 전쟁에서 아테네 장군 밀티아데스가 주도한 마라톤 전투의 승리, 3차 전쟁에서 스파르타 왕 레오니다스와 300 결사대의 장렬한 순국, 아테네 제독 테미스토클레스가 이끈 살라미스 해전의 승리로 페르시아를 완전하게 패퇴시켰다.

승리의 원동력은 많았다. 테르모필레 협곡이나 살라미스의 좁은 해협을 전장으로 활용한 지휘관의 탁월한 전략과 전사들의 타고난 용맹과 풍부한 실전경험도 주효했다. 하지만 최고의 비밀병기는 바로 그리스 병사의 가슴을 뜨겁게 달군 '자유에 대한 갈망'이었다.

페르시아 사령관 휘다르네스가 항복하라고 회유할 때 그리스의 장군들은 시민과 병사들에게 "자유민으로 남을 것이냐 노예가 될 것이냐"며 전의를 북돋웠다. 전제 군주에 의해 억지로 끌려온 다국적 병사와 그리스인 특유의 자유의지로 똘똘 뭉친 자발적 병사들의 정신 전력은 천양지차였다.

그리스의 황금기는 자유를 지킨 병사들의 순국의 희생 위에서 피어난 꽃이다. 자유에 대한 열망을 잃어버린 군대는 이미 패배자이자 적의 노예일 뿐이다. 자유를 누려본 사람만이 자유의 소중함을 안다. 대한민국 국군이 목숨 걸고 지켜야 할 가치는 우리의 번영과 발전을 담보해 온 '자유민주주의'다. 자유 수호에 대한 병사들의 간절한 열망을 날카롭게 벼르고 뜨겁게 담금질하는 것, 그것이 유사시 승리를 보장한다는 점을 잊지 말아야 한다.

추천 고전

• 헤로도토스, 《역사》, 천병희 옮김, 숲(2009).

살라미스 해전의 그리스 병사들을 형상화한 청동 기념상이다. 살라미스 섬에 있다. 앞 바다는 살라미스 해협이고 바다 건너편으로 보이는 육지는 아테네의 외항 피레우스 항 서쪽 외곽이다. 페르시아의 대왕 크세르크세스는 저곳에서 해전을 관전했다.

나는 자유인인가

자유를 누리기에 과분한 사람

재물의 얻고 씀이 올발라야 진정한 자유인이다.

재물은 다다익선(多多益善)일까. 누구도 사람마다 필요로 하는 재물의 적정한 양을 객관적으로 가늠하기 어렵다. 대저 인간은 한정 없이 재물을 취득하고 오래 보유하고 싶어 하는 게 인지상정일 터. 문제는 재물을 취하고 쓰는 데 있어 어떤 마음으로 행동하는 것이 바람직한가이다.

아리스토텔레스(BC 384~322)는 《니코마코스 윤리학》에서 재물에 대한 사람들의 행태를 예시하면서 자유인에 어울리는 행동방식을 권면했다. 그는 재물의 낭비나 인색 모두 재물에 대한 지나침과 모자람의 양상으로 경계한다. 남에게 재물을 베푸는 일은 자유인다운 일이다. 그러나 주지 말아야 할 사람에게 주는 사람이나, 고통을 느끼면서 주는 사람은 자유인다운 사람이 아니다.

그는 자유인이라면 그에 걸맞은 재물에 대한 덕성을 갖출 것을 요구했다. 그가 인정하는 '자유인다움(eleutheriotes)'이란 재물의 양이 아니라, 그 사람의 품성상태에 달려 있다. 그는 "마땅히 취해서는 안 되는 곳에서 마땅히 취해서는 안 되는 것을 크게 취하는 사람들을 나쁜 사람, 혹은 불경한 사람, 혹은 부정의한 사람"이라고 말한다. 자유인다움을 유지하려면 우선 부끄러운 취득과 탐욕을 버려야 한다는 강조다.

자유인은 재물을 잘 벌거나 잘 지키는 사람이 아니라 제대로 쓰는 사람이다. 재물은 무엇인가에 쓰일 때 효용이 발휘되는 수단이기 때문이다. 이런 맥락에서 아리스토텔레스는 재물의 낭비 못지않게 인색함을 부덕으로 여겼다. 그는 받는 데 있어 지나친 반면, 다른 사람들에게 주는 데 있어 부족한 것을 경계한다. 나아가 받지도 않고 주지도 않는 소극적 태도 역시 달갑지 않은 건 마찬가지.

이런 사람들은 모두 '자유인답지 못한 사람(aneleutheros)'에 속한다. 아리스토텔레스는 특히 이런저런 뚜쟁이들, 고리대금업자들을 자유인에게 어울리지 않는 일을 하는 사람들로 보았다. 자유인이라면 부정한 재물을 취하지 않고, 어려운 이웃에게 흔쾌한 마음으로 나눔을 행해야 한다. 아리스토텔레스는 아테네의 공동체를 해치는 사람이 아니라, 유지하는 데 기여하는 사람들만이 자유를 누릴 자격이 있다고 본 것이다.

배금주의 풍조가 만연한 우리 사회에 재물을 올바르게 취득하고 제대로 쓸 줄 아는 진정한 자유인은 얼마나 될까. 상상을 초월하는 억대 로비 자금을 수수하는 이런저런 거간꾼들, 전관에 대한 당연한 예우로 여기며 거액의 수임료를 거리낌 없이 탐하는 변호사들, 나눔에 지나치게 인색한 사람들 모두 자유를 누리기에 과분한 사람들이다.

추천 고전

- 아리스토텔레스, 《니코마코스 윤리학》, 천병희 옮김, 숲(2013).
- 아리스토텔레스, 《니코마코스 윤리학》, 강상진·김재홍·이창우 옮김, 길(2011).

대 그리스 철학의 대가인 플라톤(중앙 왼쪽)과 아리스토텔레스(중앙 오른쪽)가 아테네 학당을 거니는 모습이다. 〈아테네 학당〉의 세부이다. 플라톤은 왼손에 자신의 저서 〈티마이오스〉를 들고 오른손의 검지는 하늘을 가르키고 있다. 아리스토텔레스는 왼손에 자신의 저서 〈윤리학〉을 들고 오른손은 활짝 펴고 손바닥이 땅을 향하고 있다. 이 그림은 플라톤의 철학이 이데아, 즉 이상 관념을 추구하고, 아리스토텔레스의 철학이 현실 세계를 지향하는 것을 상징한 것으로 보인다. 〈아테네 학당〉. 라파엘(Raphael, 1483~1520) 1511년 작. 로마 바티칸 박물관.

용기란 무엇인가

두려워해야 할 것과 그렇지 않은 것은 분별하는 게 용기다.

페르시아와의 전쟁이 끝난 후 그리스 도시국가들은 아테네와 스파르타를 주축으로 양분돼 내전을 벌였다. 27년간 계속된 펠로폰네소스 전쟁(BC 431~404년)이었다. 동맹의 반대 진영 국가를 상대로 한 전투가 잦았던 당시 청년들은 중장보병 또는 기병으로 전투에 자주 참전해야 했다. 이런 상황에서 자유 시민에게 최고의 화두는 조국의 승리와 자신의 생존이었다.

혼돈의 시대에 조국의 안위와 가문의 영광을 위해 청년들에게 필요한 덕목은 용기였다. 적과 싸워 이길 수 있는 전투술과 불굴의 의지가 요구됐다. 부모들은 용맹한 청년을 어떻게 길러 내야 할지 고민했다. 두 부모가 두 장군에게 자녀 교육에 대해 조언을 구하는 자리에 소크라테스가 참여해 나눈 이야기가 플라톤(BC 428?~347?)의 대화편 《라케스》에 담겼다.

장군 니키아스(BC 470~413)는 자유인이라면 중무장술과 전투술을 배워야 한다고 주장한다. 나아가 "전쟁에서든 모든 상황에서든 두려워할 것들과 대담하게 할 수 있는 것들에 대한 앎"이 용기라고 말한다. 반면에 장군 라케스는 "대오를 지키면서 적들을 막아 내고자 도망치지 않는다면 그는 용감한 사람"이라며, 굳이 특별한 전투 기술을 따로 배울 필요는 없다고 반박한다.

소크라테스는 대립되는 두 장군의 의견 모두 일면의 타당성만 갖고 있다고 보고 중재에 나섰다. 그는 쾌락, 고통, 욕구, 무서움 속에서 어떤 이는 용기를, 어떤 이는 비겁함을 갖게 된다면서 현명한 인내가 진정한 용기일 수 있다고 말한다. 어리석은 만용과 인내심은 수치스럽고 해로운 것이기 때문이라는 것이다.

그러나 소크라테스도 용기를 한마디로 정의 내리지 않고 있다. 그는 "두려움을 주는 것들이 두려워할 것들이고, 두려움을 주지 않는 것들은 대담하게 할 수 있는 것들"이라며, 이를 명확하게 분별하고 그에 걸맞은 행동을 하는 것을 용기라고 생각했다. 중요한 것은 "두려워할 것들과 그러지 않을 것들에 조심스럽게 대처하는 능력"을 발휘하는 것이다.

시대마다 용기의 초점이 다를 수는 있다. 용기란 무엇을 대상으로 하든 두려움을 이겨 내야 할 상황을 간파하고, "영혼의 인내"를 바탕으로 극복해야 할 대상에 맞서 두려움을 이겨 내며 고통을 감내하는 실천적 행동이 아닐까. 취업난에 분투하는 청년들, 경제난의 곤경에 처한 기업가들, 비전과 역량을 갖춘 리더 부족으로 혼돈을 겪는 정치가들 모두 각자 이 시대에 필요한 용기가 무엇인지 고민해 봐야 할 때다.

추천 고전

- 플라톤, 《뤼시스 라케스 카르미데스》, 천병희 옮김, 숲(2015).
- 플라톤, 《라케스》, 한경자 옮김, 이제이북스(2014).

알파고는 영혼이 없다

인공지능은 만들 수 있지만 인간 영혼은 복제할 수 없다.

학문의 아버지 아리스토텔레스(BC 384~322)는 인간의 본질을 탐구하기 위해 생명체의 속성을 연구했다. 《영혼에 관하여》는 이에 관한 그의 독창적 사유의 결과물이다. 그는 생물이 발휘하는 다섯 가지 현상, 즉 영양섭취와 감각(지각), 욕구와 장소이동, 그리고 사고를 영혼의 운동으로 이해했다.

영혼을 갖는다는 것은 근본적으로 생명을 갖는다는 것을 의미한다. 그러니 신체의 생명 유지를 위한 운동으로서의 영혼의 활동은 필연적이다. 식물도 영혼이 있다는 얘기다. 물론 영혼의 능력에는 차이가 있다. 식물은 영양섭취 능력만 갖지만 다른 동물들은 그것 이외에 감각능력도 갖는다. 동물은 촉각을 갖고 갈망과 욕망의 욕구까지 느낀다. 하지만 희망의 욕구는 지성을 가진 인간만이 가지며, 더욱이 사고능력은 인간에게만 주어진 독특한 능력이다.

아리스토텔레스는 "영혼은 살아 있는 신체의 원인이며 원리"라고 말한다. "실체는 만물의 존재이유이고, 생명은 생물들의 존재이유이며, 영혼은 그것들의 원리이기 때문이다." 그러므로 무생물은 영혼이 없다. 동물 가운데 인간이 두드러진 이유는 지성에 의해 영혼이 추론적 사고를 한다는 점이다. 고로 정서를 동반한 사고능력은 인간 영혼의 꽃이다.

아리스토텔레스는 인간의 이 사고능력이 어떻게 발생하는가를 궁구했다. 현존하는 감각은 항상 참되지만 추론적 사고는 때로 거짓된 것을 수용한다. 인간의 타고난 취약점이다. 인간이 더 나은 선(善)을 위해서 지성과 영혼을 쉼 없이 아름답게 가꾸어야 하는 이유이기도 하다.

인공지능 알파고와 이세돌 9단이 벌인 세기의 바둑 대결이 끝났다. 인공지능은 사물에 영혼의 일부능력을 입힌 기계가 아닌가. 이 9단은 초반 3국을 심리전에서 졌다. 기계는 감정에 휘둘리지 않는다. 아니 흔들릴 '딥 마인드(deep mind)' 자체가 없다. 완력과 계산, 그리고 경우의 수를 선택하는 경쟁에서 인간은 더 이상 진화하는 기계의 지능을 이길 수 없다. 하지만 반대로 기계 또한 인간과 같은 섬세한 지각을 통한 정서적 교감 능력을 갖는 건 불가능하지 않을까.

언젠가 '인간을 닮은 로봇(humanoid)'이 인간을 지배할 것이라며 지레 두려워할 필요는 없다. 인간은 알파고의 인공지능을 창조했지만 인간성을 온전히 복제할 순 없다. 알파고에겐 인간의 영혼이 없다. 인간은 도덕적 판단과 정서의 근원인 영혼을 갖고 있는 한 영원히 존엄하다. 물론 저급한 영혼으로 세상을 어지럽히는 '기계만도 못한 인간들'의 도태야 어찌 막을 수 있으랴만.

추천 고전

- 아리스토텔레스, 《영혼에 관하여》, 유원기 옮김, 궁리(2001).

말은 행동의 그림자

아무리 올바른 조언이라도 아프지 않게 하라.

우리 속담에 '말 한마디에 천 냥 빚도 갚는다'는 말이 있다. 사람의 마음을 움직이는 선량한 말 한마디의 힘을 뜻하는 것이리라. 그렇지만 말이 항상 복만 안겨주지 않는다. 잘못된 말 한마디는 화를 불러올 때도 가혹한 힘을 발휘한다. 동서양의 많은 현인들이 신중한 언사와 때로 침묵의 가치를 강조한 이유다.

로마 시대의 그리스인 철학자 플루타르코스(46?~120?)도 《모랄리아(Moralia)》에서 혀를 통제할 필요성을 환기시키고 적시의 침묵이 지혜로운 일임을 강조했다. 적정한 때에 침묵을 지키면 아무도 탁한 처지에 놓이지 않는다는 것이다. 그는 "못한 말은 나중에 쉽게 말할 수 있으나, 뱉은 말은 쉽게 주어 담을 수가 없다"고 했다. 아테네의 철학자 데모크리토스(BC 460~370) 역시 “말은 행동의 그림자”라며, 적절한 언행의 중요성을 강조했다.

고대 그리스인들에게 엘레우시스 비의(祕儀)는 신비로운 의식으로 이름이 났다. 아테네 북서쪽 20여 km 떨어져 있는 엘레우시스에서는 대지의 여신 데메테르를 경배하며 사후 세계를 영적으로 체험하는 의식이 행해졌다. 이 의식에 입회한 사람들은 의식의 구체적인 내용에 대해 철저히 침묵을 지켰기 때문에 엘레우시스는 신비로운 종교의 성지를 유지할 수 있었다. 플루타르코스는 이 비의의 입회 의식들에서 침묵을 지키는 습관을 들인 것을 일상에서도 잘 실천해 나갈 것을 권고했다.

플루타르코스는 입을 가벼이 놀려 큰 불행을 당한 대표적인 예로 소피스트인 테오크리토스를 들었다. 그는 알렉산드로스(BC 356~323)가 그리스인들에게 동방 원정에서의 승리를 위한 감사제를 올릴 수 있도록 진홍색 예복과 모든 도시국가에게 인두세를 현금으로 낼 것을 요구하자 이를 비판했다. 그로 인해 알렉산드로스의 적이 되었지만 거기까지는 포용되었다. 하지만 알렉산드로스의 사후 마케도니아의 왕이 된 안티고노스(BC 382~301)를 외눈박이라고 흉을 보았다가 왕의 분노를 사 결국 죽임을 당했다.

건전한 비판은 상대를 아프게 하지만 성찰의 계기는 된다. 그러나 신상의 약점을 조롱하는 공격은 치졸한 것이다. 아무리 좋은 말도 때와 상황에 맞게 가려야 하거늘 잘못된 인식과 오만에서 나오는 막말은 상대에게 상처를 주는 것보다 자신에게 더 큰 독으로 돌아온다.

침묵과 명상, 신비로운 의식을 통해 죽음 이후의 세계를 체험하며 현실의 삶을 어떻게 살 것인가 성찰하던 엘레우시스 비의의 성전이 있던 유적지이다. 이곳에 BC 7세기부터 성소가 있었고, 그 후 가로 56m, 세로 54.5m에 이르는 거대한 장방형의 성전 텔레스테리온(Telesterion)이 세워졌다. AD 170년에 로마 황제 마르쿠스 아우렐리우스가 재건하고 로마인들도 초청하도록 했다고 한다.

추천 고전

- 플루타르코스, 《플루타르코스의 모랄리아: 교육·윤리 편》, 허승일 옮김, 서울대학교출판문화원(2012).

도전하라, 도전하라, 또 도전하라

끝없이 도전하는 삶, 청춘만의 자긍과 명예이다.

고난의 시대일수록 대중은 영웅을 기다린다. 기원전 13세기 그리스에는 숱한 영웅들이 탄생했다. 페르세우스, 헤라클레스, 이아손, 테세우스, 아킬레우스, 오디세우스 등이 그들이다. 그리스인들은 문명의 이 여명기에 갖가지 자연의 야수들을 물리쳐야 했고, 식량과 주석 획득을 위해 척박한 그리스 땅을 떠나 흑해와 지중해 연안 각지로 교역로를 개척해야 했다.

영웅이 되는 길은 쉽지 않았다. 불확실한 미래에 목숨을 걸어야 했고, 인간의 한계를 시험하는 험난한 모험과 시련을 이겨내야 했다. 당시 그리스 청년들은 당돌하리만큼 도전적이고 진취적이었다. 미지의 땅으로 떠나는 모험의 여정을 두려워하지 않았다. 그들은 고난 극복을 통해 비로소 자신의 탁월함을 입증하는 것을 영웅이 되기 위한 통과의례로 여겼다.

야수 같은 헤라클레스도 모든 면에서 자신보다 용렬했던 에우리스테우스의 종이 되어 10년이 넘도록 12고역을 과업으로 받아 수행했다. 인간이 성취하기 어려운 고역을 이겨내야만 신이 될 수 있다는 신탁이 그에게 영웅적 도전을 부추겼기 때문일 것이다.

이아손 역시 숙부에게 찬탈당한 왕위를 되찾기 위해 살아 돌아올 수 없으리라는 흑해 연안 콜키스 왕국으로 황금양털을 구하러 항해를 떠났다. 이 모험담을 아폴로니오스 로디우스(BC 295?~BC 215?)는 서사시 《아르고나우티카(Argonautica)》로 전했다. 호메로스의 《오디세이아(Odysseia)》를 연상시키는 대모험 이야기다.

흥미로운 것은 이아손이 이 '죽음의 항해'에 동행할 벗들을 공모하자 그리스 전역에서 날고 긴다는 영웅들이 54명이나 몰려들었다는 점이다. 살아서 돌아오면 그나마 다행이고, 그렇지 않으면 야만족의 손에 죽게 될 상황이 불 보듯 예견됨에도. 황금양털을 탈취해오면 이아손은 테살리아 왕이 될 자격을 얻겠지만, 동료에게 주어질 보상은 아무것도 약속된 것이 없었다.

그리스의 영웅들을 가슴 뛰게 한 유인책은 무엇이었을까. 아무도 가보지 않은 미지의 땅을 향해 거센 파도와 풍랑을 이겨내고 거칠고 용맹한 야만족을 물리쳐 영웅이 되는 것이다. 그들은 그것이야말로 단 하나뿐인 목숨을 걸 만한 명예로운 일이라 생각했다.

하늘은 스스로 돕는 자를 돕는 법이다. 이아손은 콜키스 왕국의 공주 메데이아의 사랑을 얻고 그녀의 마술의 도움을 받아 황금양털을 획득한다. 이아손은 과업을 달성하고 귀환했다. 하지만 그는 메데이아의 계략으로 숙부 펠리아스를 죽이고도 왕위를 이어받지 못했다. 2% 부족한 영웅 이아손. 이아손은 주체적으로 고난을 극복해내지 못해 대중의 폭넓은 인심을 얻지 못했기 때문이 아니었을까.

요즘 청년들이 지나치게 안전한 직업에 몰리고, 가족과 주변, 사회와 국가의 도움에 의지하려는 풍조가 커지는 것 같아 우려스럽다. 스스로의 힘으로 자신의 인생을 열어가려는 진취적 도전 정신이 아쉬운 때다.

추천 고전

- 아폴로니우스 로디우스, 《아르고 호 이야기》, 강대진 옮김, 작은이야기(2010).

아테네의 영웅 테세우스의 활약상을 그린 킬릭스. 그가 아버지 아이게우스를 찾아서 자신이 태어난 펠로폰네소스 반도의 작은 마을 토로이젠에서 아테네까지 가는 길에서 만나는 악당 스키론, 프로크루스테스 등 난적을 물리친 행적이 묘사되었다. 〈영웅 테세우스의 업적〉. BC 440~430년경. 런던 대영박물관.

사생아 이온, 아테네의 왕이 되다

최악의 수치도 최선의 명예로 바꿀 수 있다.

사생아(私生兒)는 예나 지금이나 사회문제가 된다. 사랑이 아닌 불의의 임신이 이루어진 경우 문제는 더 심각해진다. 아이 엄마는 불법 낙태나 출산 후 아이를 내다버리는 극단적 선택을 하는 경우도 적지 않다. 아테네의 전설적인 왕 에렉테우스의 딸 크레우사가 그랬다. 그녀는 어느 날 아폴론에게 겁탈을 당해 사생아 이온을 낳자 아크로폴리스 아래에 있는 동굴에 갖다 버렸다. 에우리피데스(BC 484?~406?)의 비극작품 《이온》에 나오는 이야기다.

이온을 발견한 헤르메스는 그 아이를 델포이의 아폴론 신전으로 데려가 심부름꾼으로 자라게 했다. 훗날 크레우사는 크수토스와 결혼하지만 아이를 낳지 못하자 출산 기원을 위해 남편과 함께 델포이의 아폴론 신전을 찾는다.

아들을 얻기를 갈망했던 크수토스는 델포이 근처에서 아폴론 신전에서 처음 만나는 사람이 그의 아들이라는 신탁을 듣는다. 크수토스는 아폴론 신전에서 시동(侍童) 이온을 처음 만나자 신탁의 말을 믿고 그를 아들로 삼으려 한다.

크레우사는 난데없이 낯선 소년을 아들이라고 주장하는 남편을 보면서, 남편이 외도로 낳은 자식을 아들로 입양하려는 것으로 오해하고 이온을 죽이려 한다. 그런데 오히려 이온에게 먼저 발각되어 크레우사는 심문을 받으며 죽을 지경에 이른다. 그런데 문답 과정에서 크레우사는 이온이 과거 자신이 버렸던 아들임을 알게 된다. 극적인 모자 상봉이 이루어졌다.

하지만 이온은 자신을 버렸던 크레우사를 원망했고, 크레우사는 아폴론이 자신의 아들을 돌보지 않고 방임했다고 넋두리한다. 이온은 정말로 아폴론의 아들이었을까. 이온은 이를 믿지 못해 크레우사를 추궁한다. "어머니는 처녀들이 흔히 그러하듯, 실족하여 은밀한 사랑에 빠졌으면서 신에게 허물을 떠넘기시는 것은 아닌지, 저로 인해 치욕을 당하는 것을 피하시려고, 제 아버지는 신이 아닌 데도 어머니께서 아폴론에게 저를 낳아드렸다고 주장하시는 것이 아닌지."

이온은 자신이 버려진 사생아라고 생각했다. 최소한 생물학적으로는 그것이 사실일 터다. 그러니 이온이 자신이 아폴론의 아들이라는 주장을 못 믿는 것도 당연하다. 아테나 여신이 나타나 이온이 아폴론의 아들임을 인증해주고 나서야 이온은 어머니를 받아들인다. 신의 개입으로 이온의 방황과 고민은 해결된 것이다. 이온은 성장하여 훗날 아테네의 왕이 된다.

그리스 여인들은 사생아를 낳으면 대부분 신의 자식이라고 주장했다. 수치와 고통을 극복하기 위해 신들에게 책임을 돌린 이 여인들의 선택이 지혜롭지 않은가. 그리스인들은 신을 핑계 삼은 이런 주장을 최소한 거부하지 않았던 것 같다. 때론 알고도 속는 것이 인생이 아닌가. 게다가 신의 자식답게 성장하도록 부여한 명예의 힘이란 얼마나 크고 아름다운가.

추천 고전

- 에우리피데스, 《에우리피데스 비극전집 2》, 천병희 옮김, 숲(2009).

판단중지와 합리적 추론

보편적 진리와 원리를 궁구하는 일은 멈출 수 없다.

어떤 대상에 대해 대립되는 감각인식이나 사유가 있을 때, 어느 것이 진리인지 어떻게 확언할 수 있을까? 플라톤의 제자들인 아카데미 학파는 탐구를 통해 진리 발견이 가능하다고 보았다. 반면 회의주의자들은 진리의 상대성을 주장하며 사물과 현상에 대해 단정적 판단이 불가능할 때 '판단중지', 즉 에포케(Epoche)를 주장했다.

어떤 방식으로든 '보이는 것들'과 '사유되는 것들'의 사태들이나 진술들이 힘의 균형을 이루게 되어 인간 능력의 한계로 더 이상 나아갈 수 없게 될 때 판단중지가 마땅하다는 것이다. 진술들이 힘의 균형을 이룬다는 것은 상충하는 진술 가운데 확실하게 어느 것이 더 믿을 만한지 말할 수 없는 것으로 간주되는 상태다. 이때 상충되는 진술 모두를 거부하지 않고 받아들이지도 않는 것이 판단중지다.

회의주의로 일컬어지는 피론주의는 고대 그리스기에 탄생했다. 섹스투스 엠피리쿠스(200?~250?)의 저작 《피론주의 개요》는 엘리스 출신의 철학자 피론(BC 360?~270?)의 회의주의 사상을 전해주고 있다. 아카데미 학파의 전통은 이성주의와 합리주의 철학의 근간으로 이어졌다. 그런데 피론주의는 반아카데미학파의 입장을 견지했다. 현대 포스트모더니즘은 회의주의의 상대주의적 관점을 이어받고 있다.

회의주의의 길은 '아포리아(Aporia)의 길'이라고도 불린다. "모든 일에 의문을 품고 탐구하기 때문이거나, 아니면 긍정해야 할지 부정해야 할지에 관해 어찌할 바를 모르기 때문이다." 판단중지는 대립되는 진술들의 참이나 거짓을 밝혀내려고 할 때 생기는 갈등을 만들지 않는다. 그렇다고 해서 궁구하고자 했던 문제가 해결되는 것은 아니다. 하지만 이렇게 특정한 사유에서 '판단중지(판단유보)'를 통해 '마음의 평안(Ataraxia)'과 '감정의 순화'를 얻을 수 있다는 것이 회의주의자들이 생각하는 실익이다.

그럼에도 합리적 이성주의가 인류 문명과 인간의 인식을 이끌어 온 주류임은 분명하다. 그렇지만 대립되는 모든 논의들이 동일한 가치를 갖고 있다고 믿는 회의주의자들의 견해 또한 무시할 수 없다. 우리는 진리를 규명하고 확언할 수 있다는 자만과 성급함을 경계해야 한다. 그렇다고 감각과 사유의 상대적 가치에 집착하여 보편적 진리와 원리를 궁구해 내려는 치열함을 쉽게 포기해 버리는 우도 범하지 않도록 해야겠다.

고 백남기씨 사망 사건을 둘러싸고 과학적 진실 규명을 위한 근본적인 노력은 회피한 채 정략이 깔린 독단적 주장들만 넘친다. 최종 사인(死因)규명은 철학도 정치도 아닌 과학의 영역이다. 이 경우야말로 윽박지르는 정치적 판단의 중지가 긴요한 사안이 아닐까. 철학적 사유에서도 정반합(正反合)적 합리적 추론이 필요하거늘 하물며 법의학 전문가의 판단이 요구되는 과학에 있어서랴.

추천 고전

- 섹스투스 엠피리쿠스, 《피론주의 개요》, 오유석 옮김, 지식을만드는지식(2012).

이율배반적인 기억의 정치학

잊어버리고 싶은 기억일수록 더 오래 기억된다.

우리는 국회의 국정감사에 불려나온 증인들이나 재판정에 선 당사자들, 정쟁에 휘말린 정치인들이 특정 사안을 추궁 받을 때 '기억나지 않는다'고 대답하는 정경을 흔히 본다. 실제로 기억나지 않는 것인지, 아니면 자신에게 불리함을 줄 기억을 말하고 싶지 않은 것인지는 알 수 없다. 그럼에도 사람들이 애써 기억하고 싶지 않거나 잊어버리고 싶은 기억들일수록 더 오래 기억되는 경향이 있음은 어쩌랴.

기억은 우리의 영혼에 새겨지는 감각이나 경험이다. 기억과 기억해 냄의 현상을 최초로 학술적으로 궁구한 사람은 아리스토텔레스(BC 384~322)였다. 그는 《자연학 소론집》에서 동물의 속성과 여러 특질을 규명하면서 인간의 기억 메커니즘을 연구했다.

기억은 과거에 감각하거나 경험한 어떤 것을 현재에 떠올리는 능력이다. "기억력은 간접적으로는 이성 능력에 속하지만, 그 자체로는 중추 감각 능력에 속한다." 아리스토텔레스는 "혼 안에, 그리고 혼을 가진 몸의 부분 안에 감각을 통해 일어나는 경험을 일종의 그림과 같은 것으로 생각"했다. 이런 것을 갖고 있는 상태가 기억이고 이를 기억해 냄이 기억력이다.

그런데 아리스토텔레스는 어린이나 노인들은 성장이나 노쇠로 인해 감각 인상이 불안정한 상태에 있기 때문에 기억력이 나쁘다고 말한다. 따라서 이들에게 '기억나지 않는다'는 말은 진실일 경우도 적지 않을 것이다. 그러나 건강한 신체와 정상적인 정신 능력을 가진 성인들의 기억력은 감각 인상이 어느 정도 강렬하게 각인됐느냐에 달려 있다.

또한 "기억해 냄은 한 움직임이 다른 움직임에 자연스럽게 이어질 때 일어난다." 그런데 "사람들은 어떤 일을 기억하고 있지만 그 일이 일어난 때의 지나간 길이를 정확히 알지 못할 땐, 그것이 언제 일어났는지는 모른다고 흔히 말한다." 그러나 정확한 시점의 제시가 없더라도 기억은 성립한다.

따라서 설사 곧바로 기억나지 않는다 하더라도 감각이나 경험의 출처가 되는 단서를 포착하게 되면 "기억을 더듬으면서 원하는 것을 찾아낼 수 있다." 기억의 단서가 기억해 냄을 이끈다. 사람 이름을 잘 기억하기 위해 유명인이나 역사상의 인물 이름과 연관 지어 연상하는 것도 그런 이유다.

치열하게 토론한 내용이나 강력하게 주장한 일들, 혹은 매우 민감하고 중요한 비밀스런 일들은 더 오래 기억되는 경향이 있다. 인간의 능력이 유한하니 잊어야 할 것들은 잊고 소중한 것들만 기억할 수 있다면 좋으련만 그게 뜻대로 안 된다.

기억은 "숙고 능력이 있는 동물에게만 자연적으로 일어난다." '기억나지 않는다'는 말을 남발하는 사람들이 숙고 능력을 의심받는 것도 그 때문이다. 그런데 그것이 위기 회피를 위한 고도의 숙고에서 나온 것이라면 이를 이율배반적인 기억의 정치학이라 불러야 하나.

추천 고전

- 아리스토텔레스, 《자연학 소론집》, 김진성 옮김, 이제이북스(2015).

미움 받을 용기

리더는 정의를 위해 대중의 미움을 감내할 용기가 필요하다.

기원전 2세기 말에서 1세기까지 로마 공화정은 격동의 시대를 겪었다. 적극적인 대외 정복과 유랑족의 외침으로 전쟁이 잦았고, 식민지 건설과 부의 분배를 둘러싸고 민중과 귀족들의 갈등도 증폭되고 있었다. 플루타르코스(46?~120?)는《영웅전》에서 당시 빚어지던 정치가들의 비열한 짓이나 정의로운 행동들을 자주 기록했다.

기원전 100년에 일어난 일이다. 당시 민중의 눈치를 살피던 집정관 가이우스 마리우스(BC 156~86)는 호민관에 당선된 사투르니누스(?~ BC 100)와 결탁했다. 이 두 사람은 돈에 굶주려 싸움을 일삼는 무지한 민중을 마음대로 움직일 수 있는 사람들이었다. 온갖 비열한 행동과 선동을 서슴지 않던 이들은 민중의 힘을 빌려 보수파를 대표하던 메텔루스(?~ BC 91)를 탄핵하기로 획책했다.

메텔루스는 아프리카의 누미디아를 정벌한 최고의 장군이자 집정관을 지낸 탁월한 정치가였다. 그는 "진실과 정의를 사랑하는 사람"으로 평가받았고, 민중에게 아첨하는 사람들을 경멸했다. 그러니 자연히 마리우스나 사투르니누스 같은 민중파와 척을 질 수밖에 없었다.

사투르니누스는 귀족들의 권리를 축소시키는 토지 분배 법안을 내놓고 원로원 의원들에게 민중이 결정한 모든 사항을 반대하지 않겠다는 선서를 하라고 강요했다. 메텔루스는 그 법에 선서하지 않겠다고 했고, 다른 의원들도 그를 따르기로 했다.

그런데 막상 민중이 원로원 의원들을 민회에 불러내 선서하라고 요구하자 상황은 급변했다. 마리우스는 선서하지 않겠다던 이전의 말을 뒤집고 민중의 결정에 따르겠다고 선서했다. 귀족들은 마리우스의 배신에 어이가 없었다. 하지만 마리우스에 환호하는 민중이 두려워 뒤따라 선서했다. 흥분한 민중의 미움을 받을 용기가 없었던 것이다.

그런 상황에서도 메텔루스만은 그릇된 법률에 선서할 수 없다는 소신을 굽히지 않았다. "옳지 못한 행동을 한다는 것은 비열한 짓이고, 별 위험이 없을 때 명예로운 행동을 하는 건 누구나 할 수 있는 일이오. 그러나 정의롭고 용기 있는 사람이라면 위험이 있더라도 정의를 지켜야 하오."

결국 사투르니누스의 동의안은 만장일치로 통과되고 메텔루스는 해외로 망명했다. 그 후 정국을 완전히 장악한 사투르니누스는 무도한 짓을 일삼다 살해되고, 이듬해에 이전의 결정을 후회한 민중의 결정에 의해 메텔루스는 귀환했다. 사필귀정(事必歸正)이다.

탄핵정국에서 모략과 배신이 판을 친다. 정치인들은 민중의 환심을 사고자 앞장서 선동하거나 일신의 안위를 위해 좌고우면하고 있다. 민심은 변덕이 심하다. 분노한 민중의 위세에 눌려 정당한 법 집행이 표류해서는 안 된다. 진정한 지도자는 오로지 진실과 정의에만 굴복하고 민중의 미움을 당당히 감내해 내는 이다.

추천 고전

• 플루타르코스, 《플루타르코스 영웅전 Ⅰ》, 홍사중 옮김, 동서문화사(2007).

나는 자유인인가

무고는 비열한 범죄다

어떤 중상과 무고도 영원히 진실을 이길 수는 없다.

불신과 불화의 시대에는 타인을 향한 고소 고발이 급증한다. 권익을 침해한 이를 법적으로 처벌해 달라는 고소는 정당한 요구다. 또 이해 당사자가 아니라도 사회 정의를 바로 세우기 위해 타인의 위법 행위를 법의 심판대에 올리는 고발은 민주 사회를 위한 소금 역할이 될 수 있다.

문제는 사회가 혼란해질수록 무고한 고소 고발이 남발된다는 점이다. 민주정이 활발하게 실행되던 기원전 5세기에서 4세기까지 고대 아테네에도 고소 고발이 빈발했다. 기원전 399년 현인 소크라테스를 시민법정에 세운 것도 고발이었다. 시인 멜레토스, 정치인 아니토스, 웅변가 리콘은 합세하여 소크라테스가 청년들을 타락시키고 국가가 인정한 신을 믿지 않는다는 이유를 구실로 고발했다.

초인간적인 것을 믿는 소크라테스가 초인간적인 존재인 신을 믿지 않는다는 것은 어불성설. 소크라테스는 말했다. "내가 유죄판결을 받게 된다면, 많은 사람의 편견과 시샘 때문일 것"이라고. 소크라테스가 청년들을 타락시킨다고? 소크라테스는 스스로 시민들을 일깨우고 설득하며 꾸짖는 등에의 역할을 자임했다. 그는 시민들에게 영혼을 돌보는 삶을 살아가라고 촉구하고 캐묻는 귀찮은 존재였다. 게다가 청년들이 소크라테스 특유의 질문법을 본받아 기성세대의 가치관에 의문을 품고 끊임없이 도발적인 질문들을 해댔으니, 시민들이 소크라테스를 원망할 만도 했다.

소크라테스는 의당 억울했다. 플라톤은 《소크라테스의 변론(Apologia Sokratous)》에서 사형이 확정된 이후 소크라테스의 최후 변론을 전했다. "죽음을 피하는 게 어려운 것이 아니라, 비열함을 피하는 게 훨씬 더 어렵습니다. 죽음보다 비열함이 더 발이 빠르기 때문입니다", "나는 느리고 연로해서 둘 중 더 느린 죽음에 따라잡혔지만, 내 고소인들은 영리하고 민첩해서 둘 중 더 빠른 것, 즉 사악함에 따라잡혔습니다."

소크라테스는 비열하고 사악한 고발인들에 의해 사형 판결을 받고 독배를 마셨다. 이는 아테네가 기원전 404년 펠로폰네소스 전쟁에서 패해 스파르타에 항복한 이후, 공황에 빠졌던 시민들의 좌절과 분노가 민주정에 반대하는 것으로 비친 소크라테스에게 전가된 측면이 있었다. 아무튼 분명 부당한 무고였다.

대화와 타협이 실종되고 비난과 분노가 일상화된 요즘 우리 사회에도 고소 고발이 차고 넘친다. 특히 선거철이 되면 경쟁 상대를 흠집내기 위한 무리한 고소 고발전이 난무하게 된다. 명예훼손, 모욕, 허위사실 유포 등 떠도는 풍문이나 조작된 정보를 토대로 상대방을 낙인찍기 위한 중상모략들이다. 이런 고발인들은 소크라테스의 예언대로 결국 "진리에 의해 사악하고 불의한 자들이라는 판결을 받게 될 것"임에 틀림없다.

추천 고전

- 플라톤, 《소크라테스 변론 크리톤 파이돈 향연》, 천병희 옮김, 숲(2012).

아테네 학술원 앞에 설치된 소크라테스의 대리석 조각상이다. 그 뒤로 보이는 기둥 위의 조각은 이성의 신 아폴론 상이다.

개인의 자유정신을 진작하라

경제 위기를 극복하려면 자율과 자유정신이 넘치게 하라.

저성장 시대의 진통이 전 세계적인 현상이 된지 오래다. 자연히 우리의 대내외 경제 환경도 갈수록 어려워진다. 그럼에도 불구하고 과거 비교적 순탄한 경제성장의 수혜를 누려온 우리의 관성은 일자리가 축소되고 임금 수준이 열악해지는 상황을 쉽게 받아들이지 못하게 한다. 더구나 호전적인 북한의 도발이 거세지고 경기 침체가 장기화되는 요즘의 복합적인 국가 위기를 어떻게 헤쳐 나갈 것인가.

어려울 때일수록 서로 자기 이익을 지키고 키우기에 골몰하기 십상이다. 이런 때에 국가적 안목을 가진 통치자들이 주도하여 위기를 극복하겠다는 강한 의지를 보이는 건 고무적인 일이다. 그러나 자칫 국가의 정책 대안들이 소망하는 대로 사회의 변화와 발전을 이끌 수 있다는 설계주의의 유혹에 빠지지 말아야 한다. 국가의 역할 못지않게 기업과 사회 구성원인 개개인의 인식과 행태의 변화가 더 주효할 수 있기 때문이다.

기원전 5세기 중반 50여 년 간 고대 아테네가 황금시대를 누릴 수 있었던 것은 아테네인들의 자유정신이 마음껏 발휘된 덕택이다. 우리는 투키디데스(BC 460?~400?)의 《펠로폰네소스 전쟁사》에서 이를 엿볼 수 있다. 페리클레스(BC 495?~429)는 아테네는 '헬라스의 학교'라고 자부했다. 그는 아테네인들의 모험심과 자유로운 역량에 대한 자부심을 일깨웠다. "시민 개개인은 인생의 다양한 분야에서 유희하듯 우아하게 자신만의 특질을 개발할 능력이 있다고 생각됩니다."

그는 아테네인들의 남다른 선행의 풍조도 찬탄했다. "우리는 손익을 따져보고 남을 도와주는 것이 아니라 우리의 자유를 믿고 아무 두려움 없이 도와줍니다." 그는 상호 부조와 더불어 자조·자립의 정신도 북돋웠다. 페리클레스는 "위험도 피하지 않는 사람이야말로 진실로 정신력이 가장 강한 사람"이라며, "우리에게 부는 행동을 위한 수단이지 자랑거리가 아닙니다. 가난을 시인하는 것이 부끄러운 일이 아니라 가난을 면하기 위해 실천적인 조치를 취하지 않는 것이 진정으로 부끄러운 일"이라고 강조했다. 시민들의 적극적 정치참여 못지않게 스스로의 삶을 윤택하게 가꾸는 실천적 노력을 권장했던 것이다.

페리클레스가 이끌던 황금시대는 아테네인들의 자유정신이 충만했던 때다. 헤겔(1770~1831)이 《역사철학 강의》에서 그리스정신의 핵심 유산을 '자유정신이 충만한 아름다운 개인'으로 본 것도 의미심장하다. 통치자는 국가 자원을 효율적으로 동원·활용하는 지혜를 발휘하는 것 못지않게 국민 개개인이 스스로의 인생을 개척하고 책임지는 도전정신을 진작할 수 있어야 한다. 일자리 만들기와 빈부격차 해소는 국가의 노력만으론 이루기 어렵다. 민간의 활력을 살려야 한다. 도전적으로 삶을 개척해 나가는 '아름다운 개인'들이 많아졌으면 좋겠다.

추천 고전

• 투퀴디데스, 《펠로폰네소스 전쟁사》, 천병희 옮김, 숲(2011).

낭독과 암송의 힘

낭독과 암송은 오감을 자극하는 효과적인 인문 교육이다.

고대 그리스 교육은 인문 교양 교육의 전범이다. 첫 걸음은 어린이 교육이었다. 그리스인들은 자유롭게 놀게 하는 것을 교육의 근본 원리로 삼았다. 말을 알아들을 나이가 되면 어머니와 유모가 구전동화를 들려주었고, 글을 배워 읽고 쓸 줄 알게 되면 가정교사에게 교육을 받게 했다. 필수 교과서는 기원전 8세기 서사시인인 호메로스의 《일리아스》, 《오디세이아》, 헤시오도스의 《일과 나날들》 등 고대 최고 문인들의 고전 걸작들이었다.

아테네의 인본주의적 교육은 '파이데이아(paideia)'라 불렸다. 이러한 교육이 널리 보급된 기원전 5세기 아테네의 교육체계는 인문정신이 쇠락해가는 오늘날 우리가 주목해 볼 필요가 있다. 당시 교육은 국가가 직접 책임지지 않고 부모의 자유에 맡겼다. 다만 전몰 용사들의 자녀들은 국가가 교육을 책임지고 양육비도 댔는데, 이 경우도 소년들을 직접 가르치지 않고 개인교사에게 교육비를 지급했다.

교육의 첫 단계는 읽기와 쓰기 교육이었다. 플라톤(BC 427~347)은 《프로타고라스》에서 아테네 교육을 이렇게 묘사했다. "아이들이 읽는 법을 알게 되면 바로 위대한 고전주의 시인들의 다양한 시구를 큰 소리로 낭독하도록 했으며, 이어 전부 다 암송하도록 했다." 아테네인들은 위대한 고전들을 교본삼아 소년들이 "옛사람들에 대한 상세한 묘사와 찬미와 칭송"이 담긴 내용을 학습하여, 뛰어난 인물들을 선망해서 흉내 내고 그들을 닮기를 갈구하도록 만들었다.

어디 아테네 소년들뿐이랴! 알렉산드로스(BC 356~323)는 전쟁터를 누비면서도 《일리아스》를 꼭 머리맡에 놓고 수시로 읽었을 정도다. 아테네 소년들이 학습한 고전들은 인류의 고전으로 2700여 년 이상 뭇 사람들의 사랑을 듬뿍 받아오지 않았는가.

그렇다면 낭독과 암송은 어떤 효과가 있었을까. 글을 소리 내어 읽는다는 것은 문맹이 아님을 당당하게 드러내는 분명한 행위다. 파피루스 두루마리를 펼치고 낭랑하게 책을 읽던 정경을 상상해보라. 더구나 서사시를 운율에 맞춰 읽어 나가노라면 눈의 집중과 함께 청각을 자극하는 자신의 목소리에 절로 감흥이 배가되지 않았을까. 구두점도 없고 띄어쓰기도 하지 않은 문자들을 정연하게 풀어 읽는 것도 특별한 능력이었다. 또 알렉산드로스가 모친이 보낸 편지를 말없이 읽어 부하들을 당혹하게 했듯, 낭독은 텍스트를 주변과 투명하게 공유하는 신뢰의 상징이기도 했을 것이다.

암송은 텍스트의 깊은 의미를 거듭 되새기며 내면화하는 데 효과가 있었을 터다. 음유시인들이 크게 존경받고 활약할 수 있었던 배경이다. 하지만 우리의 학교 교육에서 낭독과 암송이 사라진 것은 못내 아쉽다. 아름다운 시구 하나 제대로 읊조리지 못하는 인문 교육이라니! 자유학기제를 활용해 고전 낭독과 암송을 운용해보라.

추천 고전

- 플라톤, 《고르기아스 프로타고라스》, 천병희 옮김, 숲(2014).
- 플라톤, 《프로타고라스》, 강성훈 옮김, 이제이북스(2011).

호메로스 흉상. 로마 카피톨리노 박물관.

음악 교육은 필수의 교양

음악은 인간 정서를 순화하는 문명의 척도다.

고대 그리스 교육의 3대 필수 과목은 읽기와 쓰기, 음악, 체육이었다. 글을 깨치는 일은 교양인에게 기본이다. 신체를 단련하는 것도 마찬가지다. 그런데 그리스인들이 음악을 필수적으로 가르쳤던 일은 한국인들에게는 다소 낯설다. 하지만 그리스인들은 음악과 춤을 열정적으로 좋아했다. 그래서 노래와 악기를 배우는 것을 자유 교육의 기초로 여겼다.

물론 음악은 유약한 이미지가 있어 영웅들과는 영 거리가 멀어 보이기까지 한다. 그러나 더없이 거친 사나이였던 기원전 13세기에 활약한 트로이 전쟁의 영웅 아킬레우스조차 켄타우로스족의 현인 케이론에게서 키타라(고대 그리스 발현악기)를 배웠다. 그만큼 음악 교육의 뿌리는 깊다. 기원전 5세기 페르시아 전쟁을 승리로 이끈 아테네의 명장 테미스토클레스가 하프를 치지 못했다고 해서 훗날 키케로(BC 106~43)는 그를 '무교양한 사람'으로 치부했다.

또 '교양 없는 자는 무사(Mousa, 詩神)와 기품의 여신들로부터 멀리 떨어져 있다'는 그리스 속담이 있을 정도다. 그리스인들은 왜 그토록 음악을 중시했을까? 로마의 수사학자 쿠인틸리아누스(35?~95?)는 《연설가 교육》에서 그리스 음악 교육을 소개하고 이를 계승하여 로마 음악 교육의 모범으로 삼았다.

음악은 리트모스(rhythmos, 리듬)와 멜로스(melos, 멜로디)로 이루어진다. 음악은 사람의 몸짓과 말의 배열, 소리의 억양에 관계되어 연설가에게 잘 사용되므로 음악적 학습이 중요하다는 것이다. 또 음악에서 소리와 박자, 노랫말에 의해 인간의 희로애락의 감정이 잘 조화되도록 하는 고유한 원리를 연설가가 잘 응용하면 청중과 재판관의 감정을 효과적으로 움직이는데 도움이 된다는 의미다.

음악은 인간의 감성을 격동시키기도 하고 때로 진정시키기도 한다. 피리와 리라 연주는 호메로스의 서사시를 암송할 때 함께 연주되어 분위기를 높였고, 스파르타 전사들은 전투에서 음악의 가락에 고무되었다. 로마군이 뿔피리와 나팔의 협주로 전투의 진퇴와 완급을 조절하며 승리를 낚았던 것도 같은 맥락이다.

이렇듯 여러 요소가 있지만 음악의 최고 효능은 역시 인간 정서에 영향을 미치고 풍속을 순화시킨다는 점이다. 그리스인들이 음악을 문명화의 첫째 조건으로 본 이유다. 플라톤(BC 427~347)은 《국가》에서

"새로운 형식의 시가로 바꾸는 것을 나라 전반에 걸쳐 위험을 초래하는 것으로서 여기고 조심해야" 한다고 경계하기도 했다. 격조 없는 음악이 시민들을 타락시킬 수도 있다고 본 것이다.

우리의 청소년기 음악 교육은 지나치게 경시되고 있지 않은가. 한류를 만든 대중음악은 풍성한데 품격 있는 음악 교육은 없다. 음악은 문화의 근본이자 상징이라고 여긴 그리스인들의 음악 교육의 지혜를 되살려보자.

추천 고전

- 퀸틸리아누스, 《스피치 교육》, 전영우 옮김, 민지사(2014).
- 플라톤, 《국가》, 천병희 옮김, 숲(2013).
- 플라톤, 《국가·政體》, 박종현 옮김, 서광사(2005).

음악의 신 아폴론을 주신(主神)으로 숭배한 델포이에서는 4년에 한 번씩 퓌티아 제전이 열렸다. 특히 체육 제전과 함께 음악 제전이 동시에 열려 여러 도시국가에서 출전한 대표들이 연극, 악기 연주, 시 낭송 등의 기량을 경연했다.
아폴론의 모습이 백색 킬릭스(술잔)에 그려져 있다. 아폴론의 왼손이 현악기 리라의 줄을 튕기며, 오른손으로 포도주를 헌주하는 모습이다. 왼쪽의 까마귀는 아폴론의 전령이다. BC 480~470년 작. 델피 국립 고고학 박물관.

퓌티아 제전 시기에 음악 경연이 펼쳐졌던 델포이의 원형 극장이다. 이곳에서 시 낭송, 악기 연주, 연극 공연이 벌어졌다. 급경사진 자연지형을 그대로 활용해 관객석을 만들었고, 파르나소스 산 아래에 확 트인 경관이 장관이다. 그리스인들은 델포이가 세계의 중심, 즉 배꼽에 해당된다고 믿었다. 누구라도 이 극장에 앉으면 델포이의 신비로운 지세에서 그런 느낌을 저절로 느낄 것 같다. 이 극장에서 1930년 〈프로메테우스〉가 공연되었다. 2500여 년 전 고대기의 공연 분위기를 얼마나 재현해 냈을지 궁금하다.

몸 교육과 마음 교육의 균형

심신 수련의 균형과 조화는 전인 교육의 이상이다.

고대 그리스의 전인교육에서 빼놓을 수 없는 것은 체육 교육이다. 체력 단련에 대한 그리스인들의 열정은 음악에 대한 사랑 못지않게 강했다. 2800여 년 전부터 그리스인들이 건설하는 도시국가에는 반드시 극장과 함께 경기장이 만들어졌다. 동시대 동양 어느 곳에서도 찾아볼 수 없던 특이한 현상이었다. 다양한 종목에서 기량을 겨루는 올림픽 경기가 기원전 776년에 시작된 것도 체육 활동에 대한 그들의 남다른 중시를 보여준다.

체육 교육은 특별한 훈련기술을 갖춘 체력 단련 교사, 즉 파이도트리베스(Paidotribes)에 의해 엄격하게 실시되었다. 모든 도시에는 소년들의 체육 활동을 위해 옥내에 탈의실과 샤워실을 갖춘 매우 훌륭한 훈련장이 있었고, 달리기, 원반던지기, 창던지기 등의 야외 체력 단련 활동을 위한 경기장까지 갖추었다.

그리스인들이 체육 교육을 중시한 까닭은 무엇일까. 아리스토텔레스(BC 384~322)는 소년들은 이성보다 먼저 습관에 의해 교육되어야 하는데 마음 교육 못지않게 몸 교육을 받아야 한다고 강조했다. 체력 단련은 "몸의 유연성을 높여주고, 몸의 능률을 향상시키기 때문"이라는 것이다. 그는 이성 교육과 더불어 체육 교육이 중요하다고 본 것이다.

하지만 아리스토텔레스는 어린 시기의 과도한 체력 단련은 오히려 균형적 성장에 장애가 될 수 있다고 경고했다. 용기와 담력만을 키우기 위해 너무 가혹한 훈련을 시켜 소년들을 야수처럼 만들어서는 안 된다는 것이다. "고매함(to kalon)을 추구해야지 동물다움을 추구해서는 안 된다"는 이유에서다. 그는 스파르타의 체력 단련 체계를 그러한 부적절한 사례로 들었다. 체력 단련만 시키고 다른 교육에 소홀하게 되면 청년들을 '전쟁 기술자(banausos)'로 타락시킬 수 있기 때문이라는 것이다.

아리스토텔레스는 4세기 초까지만 해도 최강자로 군림하던 스파르타가 4세기 중반부터 급격하게 쇠퇴하던 원인 가운데 하나로 체력 단련 일변도 교육을 지적했다. 그는 체육 교육의 필요성을 강조하면서도 이성 교육과 체력 단련 사이에 균형과 조화를 추구할 것을 충고했다. 특히 소년기 체육 교육이 과도해지지 않도록 경계했다. "사춘기에 접어들 때까지는 가벼운 훈련을 하며, 성장에 지장이 없도록 무리한 식이요법과 운동은 피해야 한다"는 것이다.

아리스토텔레스가 그리스인들의 체력 단련의 과열을 우려했던 것과 오늘날의 사정은 정반대인 듯싶다. 학교 교육에서 입시 준비와 이론 교과 학습에 치중하고 체육 활동은 지나치게 소홀한 현실이니 말이다. 요즘 청년들의 체격은 좋아졌지만 체력이 약한 것도 그 증거다. 몸 교육에 치중한 엘리트 체육은 지양하고 학교 체육과 생활 체육의 강화가 필요한 때다.

추천 고전

- 아리스토텔레스, 《정치학》, 천병희 옮김, 숲(2009).

고대 올림픽에 출전하는 선수들이 훈련하던 실내 체육관 팔라스트라(Plastra) 유적이다. 올림피아에 남아 있다. 고대 그리스 도시마다 건립된 팔라스트라는 레슬링 또는 복싱, 그리고 오늘날 격투기와 비슷한 판크라테이온 경기를 위한 수련장이었다. 고대 그리스의 모든 도시에는 빠짐없이 청년들이 육체적 능력을 갈고 닦는 팔라스트라가 설치되었고, 청년들은 이곳에서 알몸으로 운동하며, 균형 잡힌 탄탄한 몸과 운동 기량을 닦았다.

이곳은 체육활동 뿐만 아니라, 철학자들과 청년들이 만나 담화를 통해 교육이 이루어지는 '학교'이기도 했다. 소크라테스는 아테네의 아크로폴리스에서 멀지 않은 곳에 있던 타우레아스(Taureas) 체육관을 자주 찾아 청년들과 철학적 대화를 나눴다.

BC 450년경 고대 그리스 천재 조각가 뮈론(Myron)의 청동 조각을 로마시대인 AD 2세기 중반에 대리석상으로 복제한 작품이다. 매우 온전하게 보존된 유일한 작품이다. 원반을 던질 때 원심력과 구심력이 팽팽하게 균형을 이루는 순간의 육체를 생동감 있게 포착하여 묘사한 걸작이다. 체육활동에서 표출되는 육체의 아름다움을 숭상하던 당대 그리스인들의 취향을 잘 반영한 작품이다. 〈원반 던지는 사람〉. 로마 국립미술관.

현존하는 고대 그리스 도시 국가의 스타디온 가운데 가장 원형이 잘 보존된 메세니아 스타디온이다. 전체가 대리석재로 건축되었다. 후미진 산골에 위치하여 약탈과 훼손이 덜 되었던 것 같다. 스파르타의 식민지에서 해방된 이후 기원전 4세기 중반에 건립되었을 것으로 추정된다. 무려 2400여 년 전에 거대한 경기장을 건립했던 메세니아인들의 체육에 대한 열정이 놀랍다.
그들을 지배했던 스파르타에는 아크로폴리스와 스타디온의 유적 흔적을 거의 찾기 어려운데, 메세니아인들의 폴리스 유적은 당당히 남아 역사를 증거하고 있다. 230여 년 간 스파르타의 압제에 억눌렸던 자유 시민의 한(恨)이 강인한 체력을 가꾸기 위한 체육 활동으로 분출했던 것은 아닐까 싶다. 메세니아인들의 애달픈 사연을 떠올리며 필자의 발걸음을 가장 오랫동안 붙잡았던 곳이다.

4. 어떻게 살 것인가

⇦ (사진설명)
올림피아 제우스 신전의 서쪽 박공에 설치되었던 고대 그리스 철학자의 모습이다. BC 5세기 중반. 올림피아 고고학 박물관.

세상에서 가장 행복한 사람

누구도 죽기 전에 자신의 행복을 알 수 없다.

세상에서 가장 행복한 사람은 누굴까? 소아시아 지역 리디아의 왕 크로이소스(BC 595~547?)는 자신이 그 주인공이라 생각했다. 동방에서 가장 부유한 나라의 왕이었고, 그의 창고에는 금은보화가 가득했다. 그의 명성은 헬라스에까지 자자했다.

크로이소스는 이 주체할 수 없는 행복을 확인받고 싶었다. 때마침 리디아를 찾은 아테네의 솔론(BC 630?~560?)을 궁전으로 불렀다. 솔론은 아테네의 민중파와 귀족파가 대립하자 누구에게나 공평무사한 법률을 만들고는 자신을 왕으로까지 추대하려는 움직임을 뿌리치고 유랑에 나선 현인이었다.

크로이소스는 이 현인에게 진수성찬을 베푼 다음 보물 창고들을 보여 줬다. 그리고 물었다. 세상에서 가장 행복한 사람이 누구냐고. 솔론의 입에서 당연히 자기 이름이 나올 것으로 기대했다. 그러나 예상은 빗나갔다. 솔론은 아테네의 텔로스가 가장 행복한 사람이라고 말했다. 이웃 나라와의 전투에서 승리한 뒤 장렬히 전사한 그를 기리기 위해 시민들이 국비로 장례를 치르고 그를 흠모했으니 이보다 더 큰 행복이 어디 있느냐고 했다.

실망한 크로이소스는 그럼 두 번째로 행복한 사람은 누구냐고 물었다. 솔론은 아르고스의 클레오비스와 비톤 쌍둥이 형제를 들었다. 이들은 어머니가 헤라 신전의 축제에 가고 싶어 하는데 달구지를 끌 소가 제때에 돌아오지 못하자 몸소 멍에를 쓰고 달구지를 끌면서 달려갔다. 남자들은 두 청년의 왕성한 체력을, 여인들은 효성스런 자식을 둔 어머니를 칭찬했다. 그런데 두 형제는 탈진하여 제전 후에 죽고 말았다.

크로이소스는 자신의 행복을 무시한 솔론에게 화를 냈지만 솔론은 담담하게 응대했다. "인간이란 전적으로 우연의 산물이옵니다. 전하께서는 거부(巨富)인 데다 수많은 백성들을 다스리는 왕이시옵니다. 하지만 저는 전하께서 행복하게 생을 마감했다는 것을 알기 전에는 전하의 물음에 답할 수 없사옵니다. 누구든 죽기 전엔 그를 행복하다고 부르지 마시고, 운이 좋았다고 하소서."

훗날 페르시아와의 전쟁에서 패한 크로이소스는 장작더미 위에서 불태워질 처지에 놓이고서야 비로소 솔론의 말을 떠올리며 오만했던 자신을 한탄했다.

헤로도토스(BC 484~425)의 저서 《역사》에 기록된 이 일화는 인생의 길흉화복이 한 치 앞을 내다볼 수 없는 것임을 말해 준다. 인생의 마지막 순간을 명예롭거나 편안하게 죽는 사람이야말로 가장 행복한 사람이라는 솔론의 행복관은 곱씹어 볼 만하다.

추천 고전

- 헤로도토스, 《역사》, 천병희 옮김, 숲(2009).

소아시아(지금의 터키 서부지역)의 부유한 대국 리디아의 왕 크로이소스가 아테네의 현인 솔론에게 자신의 황금창고를 보여주며 부와 행복을 자랑하고 있는 모습이다. 〈솔론에게 보물을 보여주는 크로이소스〉. 프란스 프랑켄 2세(Frans Francken the Younger, 1581~1642) 1610~1620년 작. 폴란드 브로츠와프 국립 미술관.

출처:https://commons.wikimedia.org/wiki/File:Francken_Croesus_showing_his_treasures.jpg

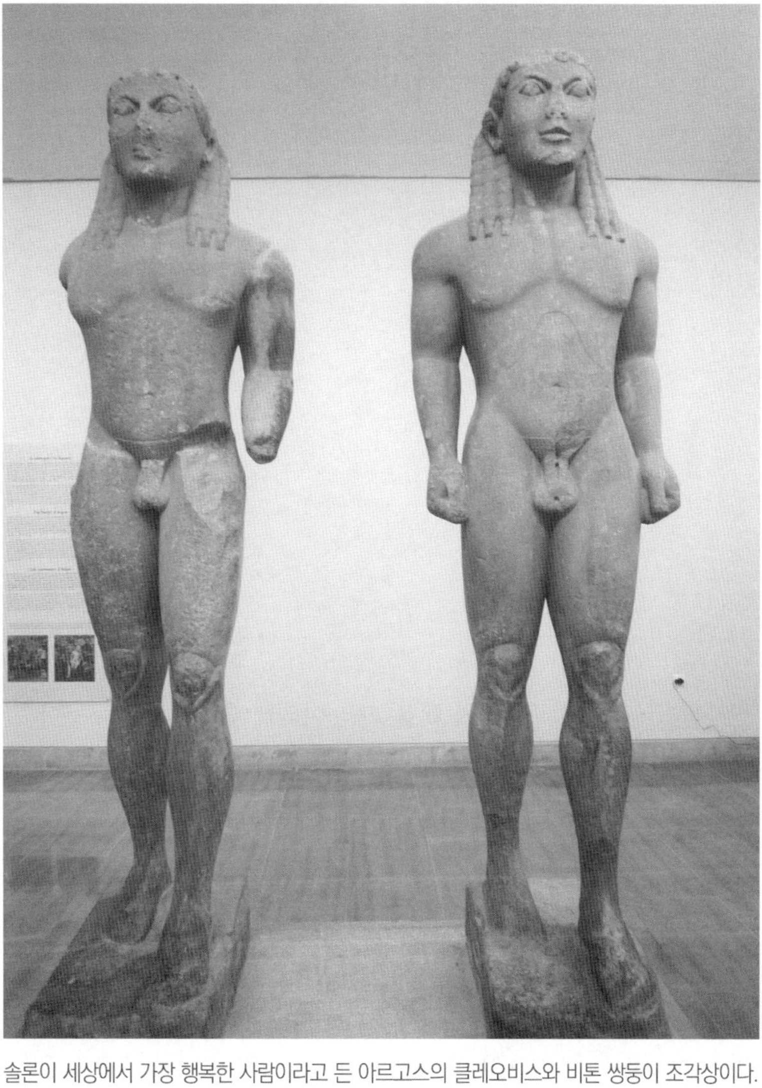

솔론이 세상에서 가장 행복한 사람이라고 든 아르고스의 클레오비스와 비톤 쌍둥이 조각상이다. 델포이에 봉헌된 기념물 가운데 가장 오래된 작품으로 사람 실물 크기이며 한 쌍으로 이루어진 매우 희귀한 조각이다. 이 형제는 어머니의 소원을 성취시킨 후 가장 행복한 마음으로 숨을 거두지 않았을까. 〈아르고스의 쌍둥이 형제〉. BC 6세기 초 아르고스 조각가 폴리메데스(Polymedes) 작. 델피 국립 고고학 박물관.

소크라테스가 받은 최고의 선물

선물은 선의를 표현하는 수단에 지나지 않는다.

기원전 5세기 민주주의가 꽃을 피운 아테네에서는 시민 누구나 민회에서 자기주장을 펼칠 수 있었다. 하지만 수천 명의 대중의 마음을 사로잡기 위해서는 탁월한 언변과 용기가 필요했다. 자연스레 연설의 비법을 가르치는 소피스트가 최고의 인기 직업으로 부상했다.

프라타고라스(BC 485?~414?)나 고르기아스(BC 483?~376)처럼 유명한 소피스트들은 연설 교습의 대가로 비싼 수업료를 받아 큰 부를 쌓았다. 소크라테스(BC 470~399)는 소피스트들이 참다운 지혜가 아닌 말재간과 터무니없는 궤변을 가르친다고 비난했다. 그는 수업료를 받지 않고 청년들이 아름다운 영혼과 비판적 지혜를 갖추도록 가르쳤다. 이런 탓에 소크라테스는 평생 가난을 벗어나지 못했고, 아내 크산

티페의 바가지 긁는 소리를 참고 견뎌야 했다.

로마의 철학자 루키우스 안나이우스 세네카(BC 4?~AD 65)의 저서 《베풂의 즐거움》에 이런 일화가 전해진다. 소크라테스의 제자들은 스승의 빈궁한 생활을 안쓰럽게 여기고 무상 교육의 은혜를 갚기 위해 자기 능력껏 여러 선물을 바쳤다. 특히 명문 가문의 부자였던 알키비아데스(BC 450~404?)는 넉넉하게 선물을 했다.

그런데 아이스키네스(BC 390~314)는 너무 가난해 아무것도 바칠 만한 물건이 없었다. 그는 고민 끝에 소크라테스에게 자신의 처지를 고백했다. "저는 가난해서 선생님께 드릴 변변한 물건은 없고, 바칠 수 있는 유일한 것이라고는 저 자신뿐입니다. 선생님, 저라도 기꺼이 받아주시길 바랍니다."

그러나 소크라테스는 서운해 하기는커녕 최고의 선물을 받은 듯 격려했다. "너 자신보다 더 큰 선물이 또 있더냐. 설마 너 자신을 별볼 일 없다고 여기는 것은 아니겠지. 선물로 받은 너 자신을 처음 받았을 때보다 더 훌륭하게 만들어서 되돌려주마."

아이스키네스는 소크라테스의 가장 충실한 제자 가운데 한 사람이 됐다. 소크라테스는 약속대로 아이스키네스를 아름다운 영혼과 지혜를 갖춘 청년으로 키웠다. 아이스키네스는 소크라테스가 신을 부정하고 청년들을 타락시킨다는 이유로 민회의 사형 언도를 받고 독약을 마실 때 임종을 지켰다. 그 뒤로 소크라테스의 참모습을 전하는 저작을 많이 남겼다.

소크라테스는 아무런 보상을 기대하지 않고 자신의 지혜를 청년들에게 아낌없이 베풀었고, 아이스키네스는 최고의 선물로 그 은혜에 보답했다. 선물은 선의를 표현하는 수단에 지나지 않는다. 그러니 은혜에 대한 보답으로서의 선물은 금전적 가치의 크기보다 주는 사람의 정성과 의도가 더 소중하지 않을까.

추천 고전

• 세네카, 《베풂의 즐거움》, 김혁·오명석·홍석준 옮김, 눌민(2015).

소크라테스가 제자들에게 무언가 설명하고 있고, 제자들이 경청하고 있는 모습이다. 〈아테네 학당〉의 세부 그림이다. 오른쪽부터 소크라테스, 아이스키네스, 크세노폰(검은 모자 쓴 이), 알키비아데스 장군(일설에는 알렉산드로스 대왕이라고도 함). 아이스키네스는 훗날 데모스테네스와 쌍벽을 이루는 정치가이자 연설가로 명성을 얻었다. 〈아테네 학당〉. 라파엘(Raphael, 1483~1520) 1511년 작. 로마 바티칸 박물관.

헤라클레스는 흙수저였다

영웅이 되려는 자는 죽음의 도전을 이겨내야 한다.

서양인들에게 최고의 영웅을 꼽으라면 단연 헤라클레스다. 그는 그리스 청춘의 불굴의 투지와 용맹, 그리고 괴력의 상징이자 모델이다. 헤라클레스가 그리스의 영웅을 넘어 서구의 불멸의 영웅으로 숭배 받는 이유다. 하지만 그의 출발은 흙수저였다.

기원전 2세기에 활동한 아폴로도로스가 지은 그리스 신화집《비블리오테케(Bibliotheke)》에는 헤라클레스의 탄생과 행적이 자세히 나온다. 헤라클레스는 페르세우스의 손자인 암피트리온과 손자며느리인 알크메네 사이에서 쌍둥이 아들로 태어났다. 명목상 족보는 화려하다.

그러나 속사정은 다르다. 암피트리온이 전쟁에 나간 사이 평소 알크메네에게 눈독을 들이던 제우스가 암피트리온의 모습을 하고는 하룻밤을 세 배로 늘리며 알크메네와 동침을 했다. 뒤늦게 테베로 돌아온 암피트리온은 예언자로부터 아내가 제우스와 교합했다는 사실을 듣게 된다.

엄밀히 따져 헤라클레스는 불명예스러운 사생아였다. 하지만 암피트리온은 자신의 부재 중에 잉태된 자식을 신성한 신의 핏줄로 승화시킨다. 헤라클레스를 제우스의 아들로 규정하는 순간 그는 숙명적으로 인간을 넘어선 탁월한 역량을 요구받게 된다. 게다가 외간 여인에게서 얻은 자식을 질투심 많은 제우스의 정실 헤라는 끊임없이 괴롭힌다. 이는 흙수저가 겪는 시련의 은유일 테다.

헤라클레스는 주변의 질시와 견제를 딛고 당대 최고의 고수에게 궁술과 무술을 배우고 강철 같은 체력을 갖춘다. 그러던 중 헤라의 질투로 헤라클레스는 정신착란을 일으켜 제 자식과 동생 자식들을 불속에 던져 죽인다. 이로 인해 테베에서 추방된 헤라클레스는 간신히 죄를 정화 받고 델포이의 신탁에 의해 12년 동안 페르세우스의 적통(嫡統) 손자 에우리스테우스가 부과한 12가지 고역을 수행해야 했다. 잔인한 시험이다.

그 과업을 완수하면 불멸의 존재가 되리라는 신탁을 믿고 헤라클레스는 세계 오지로 죽음의 도전을 떠났다. 사자와 괴물 히드라의 처치, 난폭한 황소 끌고 오기, 황금사과 가져오기, 저승의 개 잡아 오기 등등 하나같이 인간에게 불가능한 난제들을 모두 해결하고서야 헤라클레스는 진정한 영웅이 될 수 있었다. 그의 흙수저 탈출기는 목숨을 건 처절한 사투였다. 오늘날 청년들이 안은 과제도 험난하다. 하지만 진정 자신의 전부를 걸고 도전하는 이가 얼마인지는 의문이다.

추천 고전

- 아폴로도로스, 《원전으로 읽는 그리스 신화》, 천병희 옮김, 숲(2004).

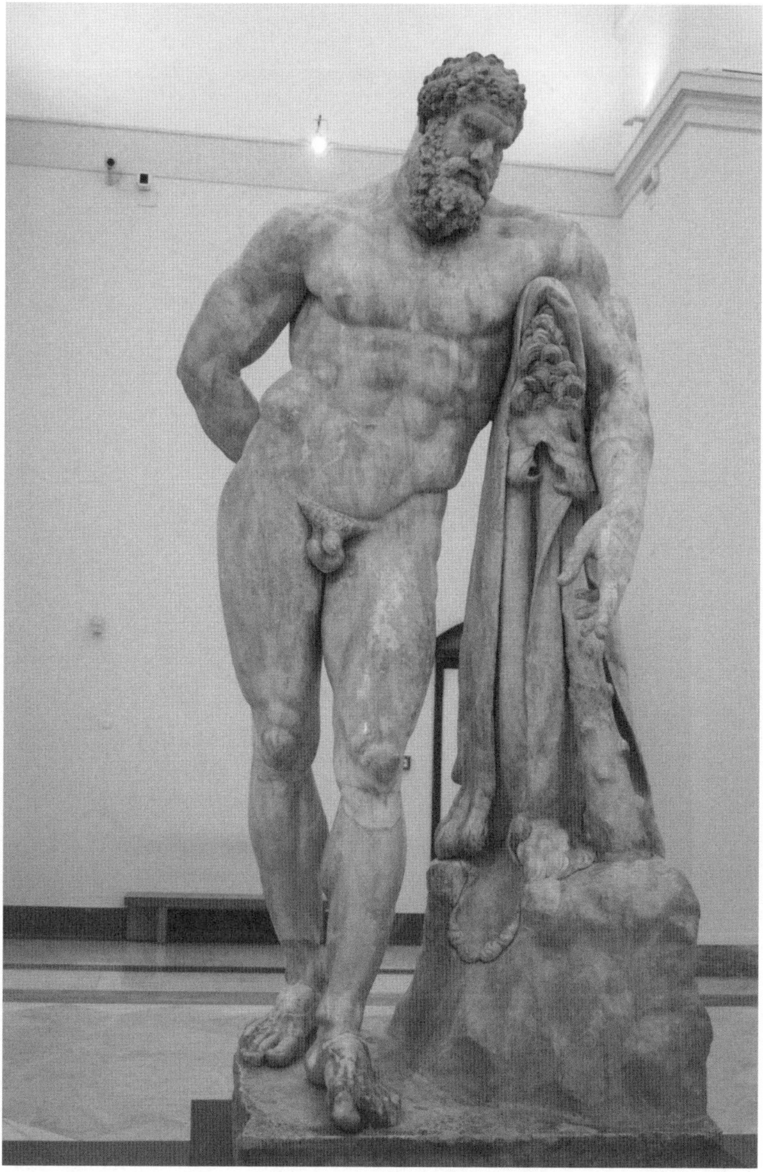

휴식을 취하는 헤라클레스 대리석상이다. 그가 기대고 있는 몽둥이와 사자가죽은 헤라클레스가 항상 휴대했던 지물(持物)로 그의 트레이드마크가 되었다. 사자가죽은 헤라클레스가 첫 번째 과업으로 네메아의 괴물 사자와 격투를 벌여 죽이고 얻었다. 〈헤라클레스〉. BC 4세기 그리스 원작을 AD 2세기 초 로마시대에 복제한 작품. 나폴리 국립 고고학 박물관.

님프 헤스페리데스가 지키는 황금 사과를 구해오는 것이 헤라클레스의 11번째 고역이었다. 아틀라스가 황금 사과를 가져올 때까지 하늘을 떠받치고 있는 헤라클레스의 모습이 흑색상 레키토스에 묘사되었다. BC 480년경 에레트리아에서 제작. 테살로니키 국립 고고학 박물관.

훗날 아테네의 왕이 되는 테세우스가 트로이젠에서 생부 아버지를 찾아 아테네로 가는 길에서 악당들을 처치한 업적이 그려진 도기의 세부 그림이다.
지나가는 사람들을 잡아다가 자기 침대에 뉘이고 침대보다 키가 크면 머리나 다리를 잘라 죽이고, 침대보다 키가 작으면 몸을 늘려 죽이던 악당 프로크루스테스를 처치하는 장면이다. 테세우스는 그를 침대에 뉘이고 똑같은 방식으로 머리를 잘라 죽였다. 평소 헤라클레스를 숭배하던 테세우스는 헤라클레스에 버금하는 고역에 도전하고 극복함으로써 아테네의 영웅으로 등극할 수 있었다.
〈영웅 테세우스의 업적〉. BC 440~430년경 작. 런던 대영박물관.

올림픽 출전 선수들의 고충

극기와 인고의 노력 없이 얻을 수 있는 성취와 영광은 없다.

요즘 브라질에서는 제31회 리우올림픽이 한창이다. 스포츠 애호가들은 중계 시간의 시차로 인해 밤잠을 설치기 일쑤다. 한국의 태극전사들과 낭자들이 펼치는 혼신의 경기와 탁월한 성과를 보면서 환호 속에 그나마 극심한 염복을 이겨낸다. 올림픽은 전 세계인을 흥분시키는 스포츠 제전이다. 근대 올림픽은 고대 그리스의 올림피아 제전에서 유래되었다.

기원전 776년 펠로폰네소스 반도의 서쪽 알티스 성역에서 달리기 경주를 필두로 고대 올림피아 제전이 시작되었다. 그리스 본토의 각 도시국가는 물론 에게 해와 지중해 연안의 그리스 식민도시에서 선수들이 출전한 그리스민족의 스포츠 축제였다.

그리스인들이 추구한 최고의 가치는 '아레테(Arete)'였다. 탁월한 기량을 의미하는 아레테 정신은 그리스 청년들을 끊임없이 자극하는 원동력이 되었다. 이들의 열정은 국가대항전 형태로 열린 올림피아에서 격돌했다. 아름답고 균형 잡힌 육체를 갖춘 각 도시국가의 청년들은 저마다 조국과 가문의 명예를 걸고 경쟁했다.

자신의 최고 기량을 선보이는 것이야말로 그리스 최고신 제우스에 대한 최상의 봉헌이었다. 종교적 열정에서 시작된 올림피아 제전은 점점 체육 제전의 성격으로 확대되었다. 달리기, 멀리뛰기, 창던지기, 마차경기, 권투, 레슬링, 판크레온(격투기), 원반던지기 등 종목도 다양했다.

그리스 청년들이 제전에서 겨루던 다양한 모습들을 묘사한 도기 그림들은 지금도 많이 남아 당대의 뜨거웠던 스포츠 경합의 긴박감을 전해 주고 있다. 종목별 우승자에게 그리스에서 흔하디흔한 올리브 관이 주어졌지만, 시인들은 승리자를 위한 찬가를 읊었고, 온 시민들은 열광했다. 당시 올림피아 제전에서의 승리는 영웅으로의 등극을 의미했다. 단순히 체육경기의 승리자 그 이상이었다. 그리스 청년들이 너도나도 스포츠 선수로 입문하기를 열망했던 이유다.

그리스 스토아 학파의 철학자 에픽테토스(55?~135?)는 《삶의 기술》에서 올림피아 출전 선수들이 겪어야 할 고충을 열거하면서 출전을 갈망하는 청년들에게 신중히 생각하라고 조언했다. "우선 모든 것을 규칙에 따라 해야 합니다. 먹는 것도 엄격하게 가려야 하며, 때로는 맛있는 것도 못 본 척해야 합니다. 아무리 덥거나 추워도 지정된 시간에는 열심히 훈련하고, 찬물이나 포도주도 마음대로 마실 수 없습니다. 의사의 처방에 따르듯 트레이너의 말에 완전히 몸을 맡겨야 합니다. 그리고 이 모든 혹독한 훈련에도 불구하고 경기에서 질 수도 있습니다."

예나 지금이나 올림픽 출전 선수들이 얼마나 혹독한 훈련과 고통을 감내해야 하는지 알 수 있는 대목이다. 선수들이 보이는 화려한 기량이나 찬사를 받는 성취들 뒤에는 극심한 고통을 이겨낸 인고의 노력이 있었음을 기억하자. 특히 메달을 딴 선수나 그러지 못한 선수 모두 극기의 승리자임을.

추천 고전

- 에픽테토스·아리아노스, 《삶의 기술》, 강분석 옮김, 사람과책(2008).

디아도우메노스(Diadoumenos) 대리석상. 머리띠가 운동선수임을 나타낸다. 인체의 비례가 조화를 이루며 운동으로 다져진 다부지고 균형 잡힌 몸매가 잘 표현된 수작이다. 그리스 조각가 폴리클레이토스(Polykleitos)가 BC 450~425년경에 제작한 원작을 BC 100년에 복제한 작품이다. 델로스 섬'디아도우메노스의 집'에서 발굴되었다. 아테네 국립 고고학 박물관.

〈쉬고 있는 복서〉 청동상의 세부이다. 얼굴 군데군데 난 상처와 가쁜 숨을 쉬는 복서의 모습에서 그가 치른 격전의 치열함과 고통을 느끼게 한다. 수작이다. BC 1세기 로마시대 작품. 로마 국립 고대 미술관.

잊어버려야 더 많이 기억한다

힘들 때의 초심과 성공 후의 약속을 늘 기억하라.

호메로스(BC 800?~750)는 불멸의 서사시 《일리아스》와 《오디세이아》를 뮤즈 여신의 노래를 재촉하며 시작한다. 암송시인 호메로스는 아킬레우스의 분노와 오디세우스의 험난한 여정을 기억의 여신 므네모시네의 딸 뮤즈에 신들려 읊었다. 인간 능력을 뛰어넘는 기억력의 원천을 신에게서 부여받은 것이다.

고대 그리스의 서사 시인이나 연설가들은 탁월한 기억력의 소유자였다. 암송 시인은 시민들 앞에서 1만 5700여 행이 넘는 《일리아스》의 시구를 줄줄 읊었다. 기원전 5세기경 아테네의 정치가들은 장문의 연설을 원고 없이 외워서 발표했다. 법정 소송에서 원고나 피고가 되는 시민들도 대필 변론가가 써 준 변론문을 달달 외워 진술했다.

문자를 기록하거나 보관할 매체가 희귀했던 고대기에 인간의 두뇌는 기억을 저장하는 가장 중요하고 효과적인 수단이었다. 고대인들에게 기억술은 생존의 기술이었다. 현대인의 기억력이 이들보다 훨씬 뒤떨어짐은 분명하다.

고대 그리스 정치인들이 기억술에 관심을 둔 것도 자연스런 현상이었다. 로마의 철학자이자 최고의 연설가였던 키케로가 쓴 《연설가에 대하여》에 나오는 일화가 있다.

기원전 480년 제3차 페르시아 전쟁 당시 살라미스 해전에서 페르시아 함대를 격멸한 영웅 테미스토클레스도 기억력을 증진시키고 싶었다. 그즈음 그에게 학식 있고 교양 있는 학자가 찾아와 특출한 기억술을 그에게 전수하겠다고 약속했다. 테미스토클레스는 그 기술로 무엇이 가능한가 물었다. 그 학자는 모든 사실을 기억해 두는 것이라고 대답했다.

테미스토클레스는 그렇다면 차라리 "기억술을 가르쳐 주기보다 잊어버리고 싶은 일을 잊을 수 있는 기술을 가르쳐 주는 편이 나에게 훨씬 고마운 일"이라고 말했다. 그렇다. 한 번 머리에 담은 기억이 소실되지 않는 것도 좋은 일이다. 하지만 오히려 기억하고 싶지 않은 일을 빨리 잊어버리는 능력이 더 바람직할 수 있다. 인간의 기억용량은 무한 충전을 허용하지 않기 때문이다.

그렇다고 기억의 단련을 태만히 하는 것이 좋다는 의미는 아니다. 중요한 것은 무엇을 많이 오래도록 기억하고 무엇을 빨리 잊어버려야 하는 가다. 남다른 행복에 젖은 기억은 빨리 잊고 아프고 쓰렸던 시절을 오래 기억해서 삶을 늘 신선하게 하는 것도 좋으리라. 선량(選良)들은 누리게 될 특권에 대한 계산은 잊어버리고 국민들에게 쏟아 부은 숱한 공약들을 절대 망각하지 않는 탁월한 기억력을 발휘해 주길 기대하자.

추천 고전

• 키케로, 《연설가에 대하여》, 전영우 옮김, 민지사(2013).

자녀교육을 망친 아버지의 무관심

수성(守成)하려거든 자녀교육에 힘쓰라.

작은 나라의 왕이었던 키루스 2세(BC 585?~529)가 주변의 큰 나라를 모두 정복하고 페르시아제국을 창건할 수 있었던 데에는 어머니 만다네의 훌륭한 교육이 주효했다. 키루스는 배우려는 의지가 높았고 야심찼으며 칭송을 받기 위해 노고와 위험을 감수했다. 그는 어머니에게서 절제와 정의, 배려를 배웠다. 그런데 키루스가 피땀 흘려 세운 대제국은 2대를 유지하지 못했다. 플라톤(BC 427~347)은 일생의 마지막 역작 《법률(nomoi)》에서 키루스의 자녀교육 실패를 그 원인으로 들었다. 키루스가 "다른 것들의 경우에 있어서는 훌륭한 지휘관이며 애국자였지만, 바른 교육에 대해서는 전혀 이해하지 못했으며, 가정 경영(oikonomia)에는 조금도 마음을 쓰지 않았다"는 것이다. 사실 그는 일생을 전쟁터를 누비느라 자녀 교육을 여인들에게 맡겼던 터였다.

키루스의 자식들은 키루스의 어머니가 했던 엄격한 교육을 받지 못했다. 대신 그 무엇도 부족할 게 없는 자로 키워졌다. 여인들이 "그 누구도 아이들이 하는 어떤 일에서건 반대를 하지 못하게 막으며, 아이들이 말하는 것이나 행하는 것은 모두가 칭찬하도록 강요함"으로써 아이들은 사치와 방종이 충만한 인간으로 길러졌다.

잘못된 교육의 결과는 바로 나타났다. 키루스가 죽은 뒤에 페르시아제국을 물려받은 두 자식 가운데 대왕에 오른 장자 캄비세스는 아우를 죽여 버린다. 또 이집트를 무자비하게 정복한 뒤 과음과 무절제로 인해 미쳐 버린다. 결국 캄비세스는 본국에서 반란이 일어나자 이집트에서 귀국하는 도중에 환관에게 살해당한다. 그로써 거대한 페르시아제국의 창업자 키루스 가문의 대가 끊겼다. 이후 환관의 반역은 다레이오스를 포함한 일곱 귀족들에 의해 평정되고 페르시아 대왕의 자리는 키루스 가문과 무관한 다레이오스에게 넘어갔다.

키루스의 자식들은 여인들과 환관들에 둘러싸여 "꾸지람이라고는 듣지 않는 양육을 받고서 자란" 탓에 대제국을 이끌 페르시아적인 아버지의 방책을 교육받지 못했다. 아버지 키루스가 무관심한 사이에 행복 때문에 타락해 버린 교육이 자식 농사를 망치게 했던 것이다.

자신은 크게 성취했지만 자식만은 제대로 키우지 못한 사례를 역사는 숱하게 보여 준다. 부모는 자신의 삶을 가꾸는 것 못지않게 자식들이 모진 세파를 이겨 내고 스스로 인생을 개척해 나갈 덕성과 지혜를 갖추도록 할 교육에 마음을 써야 한다. 빈곤해도 기죽지 않고, 힘겹고 위험한 일을 기꺼이 감당하며, 자신의 선택에 책임질 줄 아는 아이로 키우는 가정교육은 부모 공동의 몫이다.

키루스 2세는 아카메네스 왕조를 개창하고 기원전 546년에 최초의 수도를 이란의 중남부 지방에 위치한 파사르가대(Pasargadae)에 건설했다. 당시 이곳은 다문화적 제국의 수도로 번성했고, 아직도 당시의 성채, 왕궁, 정원 등의 유적이 남아 있다.

추천 고전

- 플라톤, 《법률》, 천병희 옮김, 숲(2015).
- 플라톤, 《법률》, 박종현 옮김, 서광사(2009).

영혼의 사랑과 도착된 사랑

서로 아름다운 영혼으로 가꿔주는 사랑이 진정한 사랑이다.

에로스는 삶의 기쁨이자 그리스 문화의 원동력이었다. 건강하고 아름다운 육체미의 추구와 함께 성적 매력, 그리고 다양한 욕망의 분출은 그리스 특유의 에로스 문화를 만들어 냈다. 그리스 신화와 전설은 신들 사이, 신과 인간 사이의 다양한 사랑 이야기로 점철돼 있다.

플라톤(BC 427~347)의 작품 《향연(symposion)》은 에로스에 대한 아테네 최고 지식인들의 대담집이다. 사랑은 잃어버린 자기의 반쪽을 동경하게 되면서 생겨나는 애틋한 감성이라는 아리스토파네스(BC 445?~385)의 이야기도 여기에 실렸다.

에로스에 대한 최고의 담론은 소크라테스(BC 470~399)에게서 나왔다. 그는 에로스를 결여돼 있는 것들에 대한 사랑으로 정의한다. 무언가 결핍을 채우려는 것이 사랑의 본성이라는 것이다. 소크라테스는 육체적 욕망의 탐닉보다 자기에게 결여돼 있는 것들을 인식하고 지혜를 사랑할 것을 권고한다. 정신적으로 아름다운 것들에 대한 사랑을 요구한 것이다.

소크라테스는 그리스 세계를 풍미했던 소년애(paiderastia) 관습의 건강한 양태도 모범적으로 보여 준다. 《향연》의 말미에서 알키비아데스(BC 450~404)는 소크라테스가 아테네 최고의 꽃미남인 자신의 육체적 구애를 단호히 뿌리쳤음을 폭로했다. 소크라테스는 아름다운 육체로 유혹하는 그를 꾸짖었다.

"자네가 나와 흥정을 해서 아름다움을 아름다움과 바꾸려 한다면 자네가 나보다 더 큰 이득을 보겠다는 심산일세. 자네는 가짜 아름다움을 주고 진짜 아름다움을 얻고자 하는데, 이는 '청동을 황금과 맞바꾸는' 것이 아니고 무엇이겠는가!" 소크라테스는 알키비아데스를 육체적 사랑이 아닌 영혼의 사랑으로 이끌고자 했던 것이다.

그리스 소년애는 소년을 강인하고 탁월한 전사로 성장시키기 위한 공동체의 선임과 후임 사이의 교육적 결합의 성격이 더 컸다. 이를테면 멘토와 멘티의 관계였다. 성인 남성 간의 육체적 탐닉이 중심이 되는 현대의 동성애와는 본질적으로 차원이 다르다. 그리스인들은 소크라테스가 지향했듯 청소년들을 육체적 사랑으로 이끄는 것을 수치스럽게 여겼고, 이들을 아름다운 영혼으로 가꾸기 위해 진력했다. 나아가 이를 사회적 책무로까지 인식했다. 오늘날 청소년들을 돈으로 타락시키는 정책들이 남발되고, 청소년을 도착된 사랑으로 이끄는 현실과 뚜렷하게 대조된다.

그리스인들이 기원전 7세기 전반 이탈리아 남부 지방에 세운 식민도시 포세이도니아(이탈리아의 파에스툼) 유적지에서 발굴된 벽화의 일부이다. 남성들이 오락 또는 유흥을 즐기는 한 장면으로 보이는 데, 왼쪽의 턱 수염이 난 나이든 남자와 오른쪽의 청년이 한 팀을 이루고 있다. 이렇게 장년과 청년이 한 쌍을 이루는 경우 대개 소년애 관계가 있는 것으로 볼 수 있다. 기원전 5세기경 작품으로 추정된다. 파에스툼 고고학 박물관.

추천 고전

• 플라톤, 《소크라테스의 변론 크리톤 파이돈 향연》, 천병희 옮김, 숲(2012).

소크라테스가 유흥에 빠져 있는 제자 알키비아데스에게 어서 나오라고 재촉하며 나무라는 모습을 형상화한 그림이다. 〈헤타이로이에 둘러싸인 알키비아데스〉. 로렌초 두시(1808~1859) 작. 이탈리아 트리에스테 레볼텔라 미술관.

출처: https://commons.wikimedia.org/wiki/File:Alcibiade_al_bordello,_Cosroe_Dusi.jpg

애로스의 동생인 애욕과 갈망의 신 포토스(Pothos). 사랑의 응답을 요구하는 신 히메로스(Himerod)와 통제될 수 없는 욕망의 신 안테로스(Anteros)와 함께 '에로테스(erotes)'라 불린다. 모두 사랑과 성을 관장하는 정령들로 아프로디테와 관련된다. 그리스 최고의 조각가 중 한 사람인 파로스 섬 출신 스코파스(Skopas)가 BC 4세기에 만든 원작을 로마시대인 AD 2세기에 복제한 작품. 나폴리 국립 고고학 박물관.

행복한 삶의 조건

행복은 자족과 절제 안에서 산다.

인간은 누구나 행복한 삶을 바란다. 그런데 무엇이 행복한 것인지에 대한 생각들이 저마다 다르니 사람마다 느끼는 행복감의 수준도 천양지차(天壤之差)다. 재산, 권력, 명예, 사랑, 건강 등 우리를 행복하게 만드는 것들은 많다. 동서고금의 숱한 현인들은 행복한 삶의 물음에 끊임없이 몰두했다. 로마의 철학자 마르쿠스 툴리우스 키케로(BC 106~43)도 《투스쿨룸 대화》에서 행복의 요건에 대한 담론을 펼쳤다.

풍족한 재산으로 쾌락과 안락한 생활을 즐기며, 유형무형의 권위로 남을 굴복시키는 힘을 누리고, 승리의 명예와 드높은 명성을 떨치는 것도 우리를 행복하게 만드는 것 가운데 하나일 수 있다.

그러나 키케로는 이러한 모든 일을 거의 무가치한 일로 치부하고 자연의 본성만을 탐구하며 사물을 관조하고 인식하는 일을 앞세우는 이들, 이른바 지혜를 탐구하는 철학자들의 삶이야말로 진정 행복한 것으로 생각했다.

"어떤 사람이 운명의 힘을 누구에게나 닥칠 법한 인간 만사를 참아낼 수 있는 것으로 여겨, 이로부터 아무런 두려움도 고민도 얻지 않으며, 어떤 것도 탐하지 않으며, 영혼의 헛된 욕망에 휘둘리지 않는다면 이 사람이 행복하지 않을 이유가 무엇입니까?" 키케로는 영혼의 모든 격정에서 자유로울 수 있어야 언제나 행복할 수 있다고 말한다. 이런 덕을 성취한 사람은 행복한 사람이라는 것이다. 결국 철학하는 삶이 좋은 삶을 만든다는 의미다. 행복을 추구하는 데 덕으로 충분하다는 것이다.

그런데 보통 사람들이 속세의 온갖 달콤한 욕망으로부터 초연할 수 있는 덕을 갖추기란 얼마나 어려운 일인가. 하물며 철학이 부재한 오늘날에 있어서랴. 그럼에도 우리는 소크라테스(BC 470~399)의 말에서 보다 쉽게 현실적인 행복한 삶의 조건을 찾을 수 있다. 키케로가 플라톤(BC 427~347)의 대화편 《메넥세노스》에서 한 소크라테스의 말을 인용한 대목을 주목하자.

"행복한 삶을 가져다주는 적합한 모든 것들이 자기 자신 안에 있고 다른 사람들의 행운과 불행에 기대지 않으며 타인의 사건들에 의해 흔들리지 않는다면, 이런 사람에게는 가장 행복하게 사는 이치가 마련된 것이다. 이런 사람이야말로 절제하는 사람이고 용감한 사람이고 지혜로운 사람이다. 그는 모든 희망을 늘 자신 안에서 찾기 때문이다."

소크라테스는 성공한 자들에게 으레 던져지기 쉬운 시샘과 질투를 경계하고 자족(自足)의 인생관을 강조했다. 키케로가 강조한 소크라테스적 행복관의 요체는 자족과 절제다. 행불행은 남이 아니라 자신에게 달렸다. 명심보감(明心寶鑑)에 나오는 '행유부득(行有不得) 반구저기(反求諸己)'와도 상통한다. 행복의 비결이 여기에 있지 않은가.

추천 고전

- 키케로, 《투스쿨룸 대화》, 김남우 옮김, 아카넷(2014).
- 플라톤, 《메넥세노스》, 이정호 옮김, 이제이북스(2008).

어떻게 살 것인가

미덕과 지혜를 갖춘 영혼은 영생한다.

누구나 한번은 이 세상에 왔다가 떠나간다. 그러면 죽음으로써 모든 것이 끝나는 것일까. 소크라테스(BC 470~399)는 인간이 죽으면 육체는 사라지지만 그의 혼은 불멸한다고 믿었다. 플라톤(BC 427~347)의 대화편 《파이돈》은 소크라테스가 아테네 시민 법정에서 사형 판결을 받고 감옥에서 독약을 마시고 죽기 직전, 제자들과 영혼 불멸과 사후 세계에 대해 나눈 대화를 전해 주고 있다.

소크라테스는 늘 육체의 욕망에 휘둘리는 감각적 삶보다 이런 것들에 초연할 수 있는 이성적 삶의 중요성을 강조했다. “철학자의 혼은 이성을 따르고 언제나 이성과 함께함으로써, 그리고 의견의 대상이 아닌 참되고 신적인 것을 정관하고 양식으로 삼음으로써 (쾌락과 고통에 얽매이는) 감정들에 초연해야 한다고 믿네."

소크라테스가 평소 혼을 강조했지만, 혼이 불멸한다는 그의 주장에는 제자들도 쉽게 동의하지 않았다. 특히 심미아스 같은 이는 혼은 항상 몸과 함께하며 이 둘의 조화가 이루어질 때 각각의 기능이 제대로 발휘될 수 있다고 주장했다. '혼은 일종의 조화'라는 것이다. 그래서 육신이 죽으면 혼 역시 소멸하게 된다는 주장이다.

하지만 소크라테스는 "혼은 사람의 형태와 몸속으로 들어오기 전에 존재"하며, 혼이 들어 있기에 몸이 살아 있는 것이므로 죽음은 단지 육신과 혼을 분리시키는 것일 뿐이라고 말한다. 육신의 죽음 이후에도 혼은 저승으로 여행을 떠나 심판자에 의해 죗값을 치르거나 응분의 보답을 받아 각자 적절한 곳에서 살게 된다는 것이다.

죽음이 육체와 혼을 함께 소멸시키는지, 아니면 혼만 홀로 남아 새로운 모험의 길을 떠나는지 나로서는 알 길이 없다. 이는 과학적 검증의 문제를 넘어 신학적 믿음의 문제이기도 하기 때문이다. 소크라테스의 말대로 혼이 불멸한다면 결국 우리의 관심은 어떻게 살 것인가의 문제로 귀착된다.

"만약 죽음이 모든 것으로부터의 도피라면 죽음은 악인들에게는 횡재겠지. 그들은 죽음으로써 혼과 함께 몸과 자신들의 악행에서도 해방될 테니까. 그러나 혼이 죽지 않는 것으로 드러난 지금, 혼이 악행에서 도피하거나 구원받을 길은 달리 아무것도 없네. 최대한 선량해지고 지혜로워지는 것 말고는." 소크라테스가 "우리는 살아 있는 동안 미덕과 지혜를 얻기 위해 최선을 다해야 한다"고 말한 것도 어떻게 살 것인가에 대한 응답이다.

"만약 혼이 죽지 않는다면 우리가 삶이라고 부르는 이 시간뿐만 아니라 모든 시간을 위해 혼을 보살펴야 하며, 만약 누가 혼을 소홀히 하면 무서운 위험에 빠지게 되리라는 점을 명심해야 하네."

소크라테스는 죽음 앞에 담담했다. 혼의 불멸을 믿은 그는 죽음은 삶의 종결이 아니라 지혜로 갈고닦은 맑은 영혼의 '고상한 모험'의 출발이라 여겼기 때문이 아닐까.

추천 고전

• 플라톤, 《소크라테스의 변론 크리톤 파이돈 향연》, 천병희 옮김, 숲(2012).

스파르타의 자녀 교육법

남의 자식도 내 자식 대하듯 하라.

금쪽같은 자식 앞에 딸 바보, 아들 바보 아닌 부모가 어디 있으랴. 부모의 내리사랑은 예나 지금이나 동서를 막론하고 변함없다. 고대 그리스의 강소국 스파르타인들의 자녀 사랑방식은 다른 나라와 많이 달랐지만 애틋함은 동일했다. 그들은 자기 자식들을 개개인의 자식으로서가 아니라 국가 공동의 자식처럼 키웠다. 나라의 미래를 책임질 자녀를 공동의 자산처럼 여겼던 것이다. 아이들이 '공공재'(?)라는 이런 인식이 어떻게 가능했을까.

아테네의 장군이자 저술가인 크세노폰(BC 430?~355?)이 쓴 《라케다이몬 정체》에는 스파르타 시민들의 독특한 교육법이 나온다. 이들이 자녀를 공동체의 공동 자식으로 여긴 이유는 자기 자식과 남의 자식을 동등하게 대하도록 함으로써 시민들의 우애를 북돋우고 서로 어떤 해를 끼치지 않도록 하기 위해서였다.

이런 인식으로 자식들을 대하는 사회문화가 만들어지자 다른 이의 자식에 대해서도 자기 자식을 가르치는 듯 훈육에 참여할 수 있게 되었다. 예를 들어 자기 자식이 밖에서 누군가에게 얻어맞고 들어왔다고 해 보자. 우리나라 부모들의 전형적 대응 태도는 '왜 얻어맞고 다니느냐'고 나무라면서, '너도 상대를 한 대라도 때리고 왔어야 하지 않느냐'는 식으로 아이들을 다그치는 게 예사일 터다.

그런데 스파르타인들의 대응 방식은 우리와 매우 달랐다. 한 아이가 두들겨 맞고 와서 부모에게 일러바치면, 부모들은 오히려 그 고자질한 잘못을 들어 자기 자식을 더 두들겨 패지 않으면 부끄러운 일로 여겼다. 스파르타 시민 누구나 다른 이에게 해를 끼치지 않고, 아이들에게 그릇된 짓을 시키지 않는다는 믿음을 모두 공유하고 있었기 때문이다.

또 스파르타 시민들은 미래의 전사, 미래의 어머니가 될 아들딸들을 강인하게 키웠다. 남자의 신체가 유약해지는 것을 경계하여 가혹해 보이는 습관들에 익숙해지게 했다. 어려서부터 맨발로 다니도록 하여 발을 단련시켰고, 추위나 더위에 잘 견디도록 일 년 내내 옷 한 벌로 나도록 했던 것이다. 또 아무 음식이나 잘 먹을 수 있도록 허기를 채울 정도의 소식(小食)을 습관화시켰다. 여자들도 남자들처럼 달리기와 씨름 등 운동을 시켰다. 부모가 모두 튼튼해야 건강한 아이가 태어난다고 믿었기 때문이다.

특히 남자들은 8세부터 20세까지 의무 집체교육인 아고게(Agoge)에서 공동숙식하며 체력단련과 군사훈련을 받았다. 두 왕의 공식 후계자가 될 아이 둘을 제외하고 나머지와 귀족의 자식도 시민들과 똑같이 예외 없이 적용되었다.

내 자식만은 특별하게 키우겠다는 욕망은 자칫 내 자식을 위해 남의 자식을 부당하게 배제하는 불공정과 반칙에 둔감하게 만들 수 있다. 또 부모가 부와 권력의 힘으로 자녀가 무엇이든 쉽게 이루도록 해주는 것은 참으로 그릇된 교육이다.

추천 고전

- 아리스토텔레스·크세노폰 외, 《고대 그리스정치사 사료》, 최자영·최혜영 옮김, 신서원(2002).

권력 앞에 부모형제도 없다

재물과 권력의 탐욕은 혈육을 넘어선다.

3년 전 김정은은 고모부 장성택을 대공기관총을 난사해 잔혹하게 처형했다. 최근 김정은의 이복형인 김정남은 말레이시아 공항에서 대낮에 잔인하게 독살 당했다.

고대 그리스에서도 부모·형제 사이에 비극적인 살육을 벌인 저주받은 가문이 여럿 있었다. 오이디푸스 가문도 그중 하나다. 아이스킬로스(BC 525?~456)는 3부작 비극 《라이오스》, 《오이디푸스》, 《테베를 공격한 일곱 장수》에서 오이디푸스 가문의 3대에 걸친 비극적 사건을 그렸다.

오이디푸스는 출생의 비밀을 모른 채 코린토스의 왕자로 자랐다.

그는 아버지를 죽이고 어머니와 결혼하게 된다는 신탁을 알게 되자 그 운명을 피해 볼 요량으로 유랑하다 테베로 가게 된다. 그는 우연히 길 다툼을 하다 테베의 왕이던 생부 라이오스를 죽인다. 또 괴수 스핑크스의 난제를 풀어 테베인들을 죽음의 공포에서 구한 공으로 홀로된 왕비 이오카스테와 결혼한다. 이로써 저주의 신탁이 이뤄진 셈이다.

오이디푸스는 어머니이자 아내인 이오카스테에게서 쌍둥이 아들 둘과 딸 둘을 얻었다. 오래지 않아 오이디푸스는 자신의 패륜을 알게 되고 괴로움에 스스로 두 눈을 도려냈다. 이오카스테는 자결했다. 그 후 오이디푸스는 섭정이 된 처남 크레온과 두 아들에게 외면 받고 테베에서 쫓겨난다. 두 아들에게 서로 죽이게 될 것이라는 저주를 퍼부으며….

못난 두 아들은 부지불식간에 부모에게 패륜을 저지른 아버지 오이디푸스를 수치스러워만 했을 뿐 아버지의 저주받은 운명의 심연을 이해하지 못했다. 오로지 아버지의 부재로 얻게 될 왕좌에만 눈독을 들였을 뿐이다.

형제는 1년마다 왕위를 교대로 차지하기로 서로 약속했다. 하지만 먼저 왕위를 계승한 에테오클레스는 1년을 넘기고도 약속을 지키지 않았다. 그러자 폴리네이케스는 장인인 아르고스 왕의 군대를 빌려 조국 테베를 공격했다. 왕좌를 놓고 전투를 벌인 형제는 맞대결하다 결국 서로를 죽인다. 절대왕권을 향한 추악한 욕망이 부른 파멸적 결과다.

전제 왕권의 유혹 앞에 부모·형제간 혈육의 정은 한순간에 무너진다. 권력 쟁취와 유지를 위한 골육상쟁이 예사로 벌어지는 배경이다. 그러고 보면 소위 '백두혈통'의 적장자 김정남과 콤플렉스에 사로잡힌 김정은 사이의 야만적이고 패륜적인 행위도 이미 예견된 운명이었다. 오이디푸스의 두 아들처럼 왕좌를 향한 경쟁자는 공존할 수 없기 때문이다.

또 역사는 절대 권력을 독점한 자들의 비극적 운명의 예도 숱하게 보여 준다. 3대 세습 왕조의 김정은 역시 무소불위의 전체주의 권력에 취해 있다. 압제에 시달리는 북한 동포의 저주가 김정은을 옥죄어 파멸시킬 날도 멀지 않은 듯싶다.

추천 고전

- 아이스킬로스, 《아이스킬로스 비극전집》, 천병희 옮김, 숲(2008).

은혜 베풂과 배은의 심리학

보답을 요구하는 베풂은 은혜가 아니다.

어느 시대, 어느 사회에나 배은망덕한 일들은 다반사로 일어난다. 배은은 감사할 줄 모르는 자에게서 생긴다. 자신이 입은 은덕을 잊는 행위는 어느 사회에서나 비난의 대상이 된다. 한데 이유 없는 배은은 없다. 후의에 보답하고자 했으나 불이익이 돌아올까 두려워서이거나, 호의에 감사를 표하는 데 드는 비용과 위험을 감당할 수 없어서일 수도 있다. 혹은 그저 잊어서인지도 모른다.

로마의 철학자 세네카(BC 4?~AD 65년)는 《베풂의 즐거움》에서 입은 은혜에 대해 반드시 갚을 것을 강조하면서도, 배은망덕이 은혜를 베푼 사람과 받은 사람의 의식과 행태의 상호작용에 영향을 받는 점을 설파했다.

은혜를 베풀었다고 생각하는 사람에게 은혜 입은 이가 이를 갚기는커녕 배신과 재앙으로 돌려준다면 누구의 잘못일까. 배은망덕에 치를 떨기 전에 은혜가 어떻게 베풀어졌는가를 살펴라. 세네카는 이렇게 말한다. "은혜를 베푸는 것은 다른 사람의 마음을 사로잡아 그에게 의무를 지우는 사회적 행위다. 자기 자신에게 베푸는 것은 사회적 행위가 아니다." 다른 사람의 이익이 아니라 자기 이익을 위해 은혜를 베푸는 것은 진정한 은혜가 아니라는 것이다. 나아가 은혜에 보답을 강요하는 베풂은 선량한 덕행이 아닐 수 있다는 의미다.

그러면 뻔뻔하고 악착같이 감사할 줄 모르는 이도 용인돼야 할까. 세네카는 은혜를 되갚지 않은 이들에게 은혜를 베풀었던 사실을 부드럽게 상기시켜야 한다고 말한다. 넌지시 호의에 보답하는 의무감을 일깨우는 일은 순리에 어긋나지 않는다는 것이다. 양심을 가진 사람이라면 은혜의 선의를 오래 기억하며 보답하려 애쓸 터. 더구나 은혜는 배은으로 잠시 더럽혀질 뿐 소멸되지 않기 때문이다.

세네카의 인간에 대한 믿음은 범인(凡人)을 넘어선다. 그는 배은하는 사람에게도 계속 은혜를 베풀라고 권한다. "은혜 입은 사람이 은혜를 저버릴 때마다 나타나서 그대의 은혜로 포위하라." 조련사가 은혜를 모르는 사나운 짐승조차 먹이로 굴복시키는데, 하물며 사람인데 은혜를 거듭 베풀면 언젠가 응답하지 않겠느냐는 것이다. 물론 이런 일이 현실이 되려면 먼저 세상 사람들이 작은 것에도 감사할 줄 아는 덕성을 갖춰야 한다.

배은망덕은 인간관계와 사회적 신뢰, 나아가 국제질서를 무너뜨린다. 참된 베풂과 보은의 선순환은 세상을 아름답게 만든다. 세네카는 그런 세상을 꿈꿨다. "사람들은 아낌없이 은혜를 베풀고, 스스럼없이 은혜를 입으며, 또 기꺼이 은혜를 갚을 줄 알아서 거대한 도전에 몸소 맞선다."

불신과 갈등으로 혼돈을 겪고 있는 우리가 거듭 음미해야 할 대목이다. 순수한 은혜 베풂과 기꺼이 은혜를 갚는 사회 문화야말로 화합과 상생의 든든한 토대가 될 것임이 틀림없다.

추천 고전

- 세네카, 《베풂의 즐거움》, 김혁·오명석·홍석준 옮김, 눌민(2015).

배은망덕의 세 가지 원인

질투와 탐욕이 은혜를 가벼이 여기고 배은으로 이끈다.

누군가에게 은혜를 베푸는 일은 즐거운 일이다. 은혜를 흔쾌히 받고 그에 대해 감사의 마음을 공개적으로 표현하는 일도 아름다운 일이다. 공개적으로 은혜를 입는 일이 부끄럽다면 그 은혜는 차라리 받지 않는 게 낫다. 이는 은혜 입은 것을 부정하는 행위이기 때문이다. 자신에게 은혜를 베푼 이에게 공개적으로 존경을 표하지 않는 것은 그에게 자신이 예속되어 있다는 평판을 피하고 싶기 때문이리라.

로마의 철학자 세네카(BC 4?~AD 65)는 《베풂의 즐거움》에서 은혜를 기꺼이 베풀고 흔쾌히 감사를 표현할 수 있는 따뜻한 사회를 희구했다. 하지만 현실은 은혜를 주고받은 이들의 아름다운 사연보다 배은과 갈등의 사례를 더 많이 보여 준다. 세네카는 배은망덕을 특히 경계했다. "자신에게 가장 큰 은혜를 베푼 이를 가장 심하게 비난하는 사람도 있는데, 이들은 자신이 빚지지 않았다는 것을 증명하기 위해 모욕적인 언사도 마다하지 않는다"는 것이다. 그는 은혜를 망각한 이들에게 은혜를 기억하게 환기하는 노력이 필요하다고 말한다.

세네카는 배은망덕을 하게 되는 원인으로 세 가지를 들었다. 첫 번째는 지나친 자만심 때문이다. 이런 이들은 자신이 입은 은혜를 자신의 노력에 대한 정당한 보상일 뿐이라고 생각한다. 그러니 외려 자신의 가치를 제대로 인정해 주지 않았다며 불평하고 배은하게 된다. 자신에 대한 평가가 후한 사람들이 자주 겪는 오류다.

두 번째는 탐욕이 배은망덕으로 이끈다. 인간의 욕망은 끝없이 뻗어나가려 하므로 은혜로 얻은 어떠한 재물과 권력, 명예도 잠시 감사할 뿐 더 많은 것을 욕구하면서 배은에 빠진다. 호민관이 된 사람은 감사할 줄 모르고 치안관의 자리에 더 빨리 오르지 못한 것을 불평하고, 정작 치안관이 되면 집정관이 되지 못한 것을 불평하게 된다는 것이다. 지나친 탐욕은 대중의 기대와 은혜를 가벼이 여기고 자신만의 성공을 추구하게 한다.

마지막으로 배은망덕한 사람으로 이끄는 가장 난폭하고 심각한 악덕은 질투다. 자신이 받은 은혜보다 다른 이들에게 더 많은 것이 주어졌다며 시샘하면서 배은망덕의 길로 빠진다. 다른 이들의 상황과 매력을 세심하게 살피고 관대하게 평가하기보다 자신의 이익을 먼저 앞세우기에 생기는 일이다. 자신이 받은 은혜가 다른 이들에 비추어 보잘것없다는 질투는 은혜 베푼 이를 원망하게 만든다. "질투의 시선이

갈기갈기 찢을 수 없을 만큼 완벽한 은혜란 없기 때문"이라는 것이다.

우리 주변의 숱한 배은망덕의 사례들은 어느 경우에 속할까. 어떤 은혜든 부정적인 시각으로 본다면 불평할 소지가 항상 있게 마련이다. 각자의 상황과 운명에 맞게 누군가의 배려와 은혜를 감사하게 여기는 품성을 갖출 때만 배은망덕의 악행에서 벗어날 수 있다. 만사만물에 깊이 감사하자.

추천 고전

- 세네카, 《베풂의 즐거움》, 김혁·오명석·홍석준 옮김, 눌민(2015).

로마의 철학자 세네카는 로마 황제 네로의 소년기 스승으로 황제 즉위 후 10년간은 국정 자문 역할을 했다. 세네카는 오랫동안 네로 곁에서 그가 관용과 선정을 베풀도록 부단히 노력했으나 네로가 방탕과 악행에 빠지자 그의 곁을 떠났다. 네로가 반역 음모에 가담했다는 누명을 씌워 자신을 죽이려 하자 세네카는 자결했다. 세네카의 흑색 대리석 두상. 나폴리 국립 고고학 박물관.

허위 결혼 신고의 심리학

결혼은 사랑과 합의의 가장 아름다운 산물이다.

인류가 고안한 제도 가운데 가장 보수적인 것은 결혼 제도다. 인연이 없던 남녀가 서로 만나 특별한 일이 없는 한 평생 가정을 함께 꾸리는 동반자로 살기를 기대하고 약속하며 실현시키는 이 제도야말로 동물 가운에 가장 독특한 인간의 관습이다. 결혼이 더 없이 신성한 행위인 이유다.

결혼의 관습과 행태는 다른 제도에 비해 가장 변화가 적다. 그만큼 결혼을 대하는 인간들의 의식은 예로부터 내려오는 전통적 결혼 방식에 대해 묵직한 신뢰를 갖고 있고, 그를 통해 안정감을 얻고 있기 때문인지도 모른다. 아니면 결혼 방식에 대한 사회의 암묵적 합의가 개인의 기호를 이유로 거부하거나 일탈할 수 없을 만큼 강력하기 때문일 수도 있다.

아무튼 기원전 2500여 년 전의 고대 아테네인들의 결혼 관습이나 현대의 결혼 절차와 방식이 큰 차이를 보이지 않는 것도 이런 사정들을 입증해 준다. 고대 그리스인들은 여성에게 남성과 동등한 정도의 사회적 위상을 부여하지는 않았지만, 가정 살림을 책임지는 가정 경제의 경영자로 여겼다. 그래서 결혼은 처녀 총각의 결합 그 이상의 의미가 있었으므로 반드시 양가 부모들의 숙고로 결정되었다.

크세노폰의 《오이코노미코스(Oeconomikos)》에는 결혼의 의미와 절차에 대한 이런 대화가 나온다. "나는 나 자신을 위해서, 그리고 당신 부모님은 당신을 위해서, 누구를 가정과 자녀의 동반자로 삼아야 좋은지 고려한 것이요. 그래서 나는 당신을 선택한 것이고, 당신의 부모님들도 나를 당신들이 발견할 수 있는 사람 중 최선의 사위로 고른 것으로 생각하오." 이렇듯 결혼은 당사자는 물론 양가 어른들의 관여와 신중한 선택의 과정으로 이루어졌던 것이다.

고대 아테네에서는 결혼식을 친구들이 함께하는 축제처럼 치렀다. 남편이 아내와 재산을 공유하기도 했고, 이혼을 하게 될 경우 아내가 시집올 때 가져온 지참금을 돌려주어야 했을 만큼 여성에게 경제적 권리도 보장했다. 현대 결혼에 있어서도 맥락은 고대와 크게 달라지지 않았다. 당사자의 의견이 가장 중요하지만 여전히 부모들의 중요한 관심사이기도 하다.

문재인 정부의 조각 인사 가운데 첫 낙마가 나왔다. 허위 결혼 신고와 여성 비하 관념이 문제였다. 인생의 반려자를 맞이하는 신성해야 할 결혼이 양가 부모의 허락과 축하는 고사하고 당사자와 합의조차 없이 허위 신고했다가 무효판결 받았다니 충격적이다. 그가 맡으려했던 직책이 법무부 장관이었다는 점에서 과거의 행적이 국민들의 반감을 더 사게 된 듯싶다. 불타는 짝사랑만으로 상대의 의사에 반하는 결혼을 강제하는 것은 폭력적이고 불행한 일이다. 사랑하는 사람을 아름다운 절차와 격식으로 소중하게 맞이하라. 수천 년 동안 선남선녀의 결혼이 그래온 것처럼.

추천 고전

- 크세노폰, 《경영론 향연》, 오유석 옮김, 부북스(2015).

자유인의 선택

초판 1쇄 인쇄 2018년 12월 03일
1쇄 발행 2018년 12월 10일

지은이 | 박 경 귀

펴낸곳 | 북앤피플
대 표 | 김진술
펴낸이 | 김혜숙
디자인 | 박원섭

등 록 | 제2016-000006호(2012. 4. 13)
주 소 | 서울시 송파구 성내천로37길 37, 112-302
전 화 | 02-2277-0220
팩 스 | 02-2277-0280
이메일 | jujucc@naver.com

ISBN 978-89-97871-37-7 03810